Maggie Jay presents:

Stimmen aus dem Schatten

Kurzgeschichten von Waldecker Autoren

Bibliografische Information der Deutschen Nationalbibliothek
Die Deutsche Nationalbibliothek verzeichnet diese Publikation in der Deutschen Nationalbibliografie; detaillierte bibliografische Daten sind im Internet über dnb.de abrufbar.

Cover: Dream Design - Cover and Art

ISBN: 9798301058714

Manche Tage sind dunkel, andere tiefschwarz.
Doch oft genügt eine Kleinigkeit, um ein Lächeln in das Grau eines Tages zu zaubern.
Das hoffen wir hiermit zu erreichen.

Vorwort

Nachdem ich bereits seit vielen Jahren sowohl journalistische, als auch belletristische Texte geschrieben hatte, verschlug mich beruflich der Zufall nach Willingen. Neben der einzigartigen Landschaft, die ich zu erwandern versuchte, lernte ich vor allem die Menschen hier kennen. Menschen, die sich meistens schroff, manchmal bärbeißig, aber immer gradlinig und gutherzig verhielten.

Dann lernte ich auf einer Party des Motorradclubs in Willingen Maggie Jay kennen, vorgestellt von einer gemeinsamen Freundin. Die Band spielte gerade ein Cover der Broilers: „Tanzt du noch einmal mit mir?“ Und wir tanzten.

Maggie begeisterte mich mit ihrer Idee einen Band mit Kurzgeschichten verschiedener Autor:innen aus Willingen und dem Waldecker Land zu veröffentlichen. Von Anfang an war klar, dass es zum einen ein Charity-Projekt werden sollte, und dass wir zum anderen Autor:innen ein Forum bieten wollten, die noch am Anfang ihrer Schreibkarriere stehen oder noch gar nicht veröffentlicht haben.

Dann begann ein langer Weg, der schlussendlich zu diesem kleinen Buch führte. An dieser Stelle gilt unser besonderer Dank den Personen, ohne die dieses Buch nicht möglich gewesen wäre:

Vielen Dank an die Autor:innen, die viele Stunden mit dem Schreiben und Überarbeiten zugebrachten. Die sich trotz harter Kritik auf das Abenteuer begaben, einen Text zu schreiben und zu veröffentlichen. Insbesondere vielen Dank an

Maggie Jay für diese Idee und ihre unermüdliche Arbeit an diesem Projekt.

Ebenso vielen Dank an die wunderbare Sabrilonity, von der das Foto stammt, welches die Vorlage für das Cover ist. Wer mag, findet das Original unter ihrem Handyfoto-Side-Projekt @sabrilonity. Hier postet sie ihre Handyfotos. Als Fotografin ist sie unter www.sabrinity.com zu finden.

Und natürlich vielen Dank an Renee von www.cover-and-art.de, der aus dem Foto unser Cover gestaltete und der bereits alle Buchcover von Maggie Jay kreiert hat. Die Arbeiten von Renee sind künstlerisch immer etwas Besonderes. Nicht nur, weil er oft selbst den Zeichenstift anlegt, um ein Bild zu gestalten, sondern vor allem, weil Renee es versteht Stimmungen in ein Cover zu fassen, wie kaum ein anderer.

Acht Autor:innen konnten wir begeistern unentgeltlich mitzuwirken, sodass alle Erlöse von diesem Buch an verschiedene Projekte der Kinderkrebshilfe gespendet werden. Welche Projekte dies im Einzelnen sind und welche Spenden wir durch Ihre Unterstützung erreichen konnten, können Sie auf unseren Social-Media-Plattformen „Waldecker Worte“ verfolgen.

Für einige der Autor:innen ist es die erste Veröffentlichung, einige haben schon als Selfpublisher oder bei Verlagen publiziert. Auf ein Lektorat wurde weitestgehend verzichtet. Jedoch gilt, dass jeder Autor im juristischen Sinne selbst für den geschriebenen Text verantwortlich ist, und nicht die Herausgeberin. Beim Erstellen der vorliegenden Texte wurde keine KI verwendet.

Vielen Dank, dass Sie mit dem Kauf dieses Buches die Kinderkrebshilfe unterstützen.

Henning Riebeke

Ein weiteres Vorwort

Auch ich möchte mich an dieser Stelle noch einmal bedanken. Es war spannend zu sehen, wie viel Leidenschaft die hier veröffentlichten Autor:innen in dieses Projekt eingebracht haben. Nur durch ihren Einsatz und Enthusiasmus konnte dieses Buch entstehen – und so gut werden!

Das Leben als Autor oder vielmehr das Veröffentlichen heutzutage, ist alles andere als einfach. Nicht, dass es jemals leicht gewesen wäre, aber durch den enormen Konkurrenzdruck, die sozialen Medien und viele weitere Faktoren hat sich die Welt des Veröffentlichens in den letzten Jahren dramatisch verändert. Sein Publikum zu finden ist schwierig, und einen Fuß in die Tür zu bekommen, erst recht.

Deshalb freue ich mich umso mehr, mit diesem besonderen Projekt jungen Autor:innen eine Plattform zu bieten, auf der sie ihre Texte veröffentlichen und in gedruckter Form in den Händen halten können. Dass sich so viele bereit erklärt haben, ihre Werke unentgeltlich zur Verfügung zu stellen, um damit einen Zweck zu unterstützen, der mir sehr am Herzen liegt, berührt mich tief.

Alle Einnahmen aus diesem Projekt gehen an verschiedene Organisationen, die krebskranken Kindern sowie Kindern von an Krebs erkrankten Angehörigen durch schwere Zeiten helfen. Dies ist ein Anliegen, das mir besonders am Herzen liegt, und ich bin dankbar, dass so viel Unterstützung von allen Seiten kommt.

Wie meine Leser wissen, bin ich kein Fan von langen Vorworten, aber ich möchte euch trotzdem bitten, euch die Zeit zu nehmen, unsere Autor:innen kennenzulernen. Vor jeder Geschichte findet ihr ein paar persönliche Worte der jeweiligen Autor:innen. Sie haben viel Arbeit und Herzblut in dieses Projekt gesteckt und verdienen es, sich vorzustellen. Außerdem bin ich mir sicher, dass die Geschichten in diesem Buch nicht das Letzte sein werden, was ihr von ihnen lesen werdet!

Ein besonderer Dank meinerseits geht auch an Henning Riebeke für die Unterstützung bei diesem Projekt. Ohne dich wäre das hier nicht möglich gewesen.

Doch jetzt genug der Vorworte, lasst uns tanzen!

Eure

Maggie Jay

Autorin
Maggie Jay

Maggie Jay ist natürlich nicht mein richtiger Name, wie die meisten von euch wissen dürften. Doch unter diesem Pseudonym schreibe ich seit vielen Jahren Bücher, die überwiegend im Waldecker Land spielen. Wer von mir noch nichts gelesen hat, ist herzlich dazu eingeladen, in den lokalen Buchhandel zu gehen und sich eines meiner bisher sieben veröffentlichten Bücher auszusuchen. Wer das Haus gerade nicht verlassen möchte, darf auch gerne einmal auf meinem neuen YouTube-Kurzgeschichten-Kanal @maggie_jay_autor vorbeischauen.

Wer neugierig darauf geworden ist, hier kommt eine meiner dort veröffentlichten Kurzgeschichten.

Die Mutter eines Serienkillers

Von Maggie Jay

Jaja, ich weiß, was Sie wollen. Genau das, was alle anderen auch wollen. Besonders diese sensationsgeilen Reporter, die hinter jeder Ecke sitzen und sich die Finger danach lecken, was ich zu sagen habe. Als ob ICH auch nur irgendwas dazu sagen könnte, warum etwas gekommen ist, wie es nun einmal kam. Aber das interessiert ja auch keinen. Oh nein, es geht nur darum, jemandem die Schuld zuzuweisen und wer ist besser dafür geeignet als die Mutter? Ich sage es Ihnen: NIEMAND.

Väter sind nie schuld daran, wenn mit dem Kind etwas nicht stimmt. Wenn alles vorzüglich läuft, es in der Schule gut ist oder beim Sport, oh ja, dann ist das der Verdienst des Vaters. Aber wehe, der Nachwuchs dreht durch. Natürlich ist dann die Mutter schuld.

Und wissen Sie wer DARAN Schuld hat, dass immer die Mutter beschuldigt wird?

Freud, oder wie dieser Kasper sonst heißt. Seine ganze Theorie, dass Jungen am liebsten wieder in ihre Mutter zurück kriechen wollen.... Also ich weiß ja nicht....

Wer sowas von sich gibt, hat doch selbst mächtig einen an der Waffel. Aber wir wissen ja auch wer schuld DARAN ist, dass er sowas von sich gibt: Selbstverständlich seine Mutter. Wer sonst? So ist es doch.

Und jetzt passiert mir das gleiche. Als wäre ICH das Problem gewesen. Als wenn ich dem Jungen gesagt hätte, was er mit den armen Mädchen machen sollte. Darauf ist er ganz alleine gekommen. Dafür konnte weder ich etwas, noch sein Vater. Der sich, wie Ihr bestimmt wisst, vom Acker gemacht hat, als ich schwanger wurde. So ein Schlappschwanz. Wenn ich darüber nachdenke, dann könnte mein armer Leon das doch von ihm haben. Hm… das wäre gut möglich. So was gibt es in meiner Familie nicht.

In der Familie von Leons Vater wollen Sie wissen? Ja, bestimmt. Ich hätte mich nicht auf diesen schmierigen Kerl einlassen sollen. Bei ihm hatte man von Anfang an schon gerochen, dass etwas nicht mit ihm in Ordnung ist. Warum ich mich dann auf ihn eingelassen habe? Ach, das weiß ich selbst nicht genau. Ich war jung und dumm. Das ist natürlich keine Ausrede, aber wenn man jung ist, dann macht man unüberlegte Dinge. Doch es war schon okay so, wenn mir Leons Vater nicht begegnet wäre, dann hätte ich nie meinen süßen, kleinen Jungen bekommen. Meinen süßen kleinen Leon. Wie konnte das nur alles passieren…?

Wissen Sie, die Geburt war alles andere als leicht… Er war…

Was? Wie, das hat mit der Geschichte nichts zu tun? Wollen Sie hören was ich zu sagen habe? Dann müssen Sie sich auch alles anhören. Meine Güte, die Jugend von heute hat auch gar keine Geduld mehr. Oder, Elias? Schau doch nicht so betreten rein. Wissen Sie, Herr Polizist, der Elias hat früher immer mit dem Leon gespielt. Seit… Ja, ich weiß gar nicht mehr genau. Seit ihr in die Windeln geschissen habt, und nun sehen Sie sich diesen Prachtjungen in seiner Uniform an. Du wolltest ja schon immer Polizist werden. Wie schön, dass es geklappt hat. Deine Mutter ist bestimmt stolz auf dich.

Ach, ich schweife schon wieder ab. Könnte ich bitte ein Glas Wasser bekommen? Das viele Reden macht mich immer ganz durstig. Oder vielleicht etwas Stärkeres? Was? Ihr habt nichts Stärkeres? Na, kein Wunder, dass ihr alle so bedröppelt dreinschaut. Ein Schluck aus der richtigen Flasche zwischendurch, würde eurer Laune nicht schaden.

Danke schön, mein Junge. Wenn du gleich auch noch ein paar Kekse auftreiben könntest, wäre ich dir sehr dankbar. Nein? Na gut, dann erzähle ich mal weiter, damit wir alle wieder nach Hause gehen können. Obwohl ich ja nicht weiß, ob das irgendwie weiterhilft, was ich zu sagen habe.

Auf jeden Fall hab' ich 38 Stunden in den Wehen gelegen. Ich wollte sterben. Das kann ich euch sagen, aber ihr Männer könnt das nicht verstehen. Seid froh darüber. Ihr geht ja bei einer Männergrippe schon zugrunde, eine Geburt würdet ihr bei weitem nicht überstehen.

Es heißt immer, nach der Geburt werden vom Körper Hormone ausgeschüttet, die die Mutter vergessen lassen, wie schlimm das Ereignis ist. Tja. Jetzt, 34 Jahre später, warte ich immer noch darauf, dass diese Hormone endlich kommen und ich die Erinnerung hinter mir lassen kann.

Aber vielleicht war es ja auch besser, dass ich nicht vergessen konnte. Sonst hätte ich vielleicht nochmal Kind nachgelegt. Möglicherweise wären die Kinder genauso wie Leon geworden.

Meine Güte, noch so einen wie meinen Leon. Verstehen Sie mich nicht falsch, ich liebe meinen Jungen, aber ist ja schon nicht so nett was er da wohl gemacht hat. Und man weiß ja nie, was aus den Kleinen wird. Man kann ja immer nur spekulieren.

Wo war ich? Ach ja.

Die Geburt war unbeschreiblich schmerzhaft und das musste ich auch noch alleine durchstehen. Leons Vater war ja bekanntlich abgehauen und meine Mutter wollte nichts mehr mit mir zu tun haben als ich ihr erzählte, dass ich schwanger bin. Als ob ich die erste unverheiratete Frau war, der sowas passierte. Er war kein Wunschkind, aber irgendwann kündigte er sich an und war dann auf dem Weg. Und es war gut so! Keine Situation in der man sich überlegen muss, ob man das Kind behält oder sich vor Gott versündigt.

Interessant, wenn man überlegt, wie viele Leben hätten gerettet werden können, wenn dieses eine beseitigt worden wäre. Aber nein. Leon war ein Geschenk Gottes. Meine Mutter hat das natürlich nicht verstanden.

Ich sei eine Schande für die Familie, sie könnte sich doch jetzt nicht mehr in der Kirche blicken lassen, bla bla bla....

Wissen Sie, letztendlich war es gut, verstoßen zu werden. In diesem spießigen Haushalt wollte ich eh nicht mehr bleiben. Alle taten immer so einen auf Friede-Freude-Eierkuchen. Aber das war es nicht.

Mama trank zu viel und mein Vater, Gott hab ihn selig, hat nicht nur einmal ausgeholt. Manche Male konnten meine Geschwister und ich tagelang nicht sitzen, so sehr tat uns der Hosenboden weh. Wir hatten noch nicht einmal was angestellt, das war ja das Schlimmste an der ganzen Sache. Nur hat er uns das nie geglaubt. Wenn Papa von der Arbeit nach Hause kam, hat Mama ihm immer wilde Geschichten erzählt, was wir so alles getan haben. Papa hat uns gar nicht gefragt was passiert war, nein, er hat immer direkt seinen Gürtel ausgezogen und sofort auf uns eingedroschen. Und Mama hat dabei zugesehen und gegrinst. Darüber hätte dieser Freud mal schreiben sollen. Welche Mutter macht denn sowas?!

In den Momenten habe ich mir geschworen, meinen Kindern sowas nie anzutun. Oh nein Sir, das wollte ich nie machen. Und das habe ich auch nicht. Also weiß ich auch nicht, wie alle darauf kommen, dass ICH etwas damit zu tun habe, dass bei Leon ein Schaltkreis explodiert ist. Ach, er ist doch so ein guter Junge, sind Sie sicher, dass das alles stimmt, was die Medien da erzählen?

Hmm... so so… aber Beweise können doch auch gefälscht sein, haben Sie daran mal gedacht? Jemand kann meinem kleinen Jungen doch etwas anhängen!

Hieb- und stichfest? Na ich weiß ja nicht, das kommt mir doch alles sehr komisch vor. Aber wenn Sie das sagen.

Elias, du brauchst gar nicht so selbstgefällig zu schauen. Als ob du damals nicht dabei warst, als ihr den Dackel von Frau Bremer hinter ihrer Scheune zu Tode gequält habt.

Was? Ach, das wussten Sie nicht?

Elias, Elias... ich dachte man müsste als Polizeibeamter ehrlich sein. Oh Gott, wie sehr deine arme Mutter damals geweint hat.

Und die Schreie von Frau Bremer, als sie ihren geliebten Hund gefunden hat. Meine Güte. Ich habe die ganze Aufregung damals gar nicht verstanden. Es war doch nur ein Hund.

Herbert war so ein verzogenes Biest. Alleine schon der Name. Wer nennt denn einen Dackel Herbert? Also wenn sie mich fragen, hatte die gute Frau Bremer nicht mehr alle Tassen beisammen. Wie die sich schon anzog. Aufgetakelt bis zum geht nicht mehr, als wenn sie in einem dieser Stripläden arbeiten würde. Stellen Sie sich das mal vor. Und so ging sie zum Briefkasten, um die Post zu holen. Und dann bückte sie sich immer, wenn ihr „aus Versehen“ etwas hinfiel und dabei konnte man ihren Slip sehen. HA! Dass ich nicht lache. Da kann sie sich auch gleich an die Straßenecke stellen, wenn sie es so nötig hat.

Aber das tut ja auch gerade nichts zur Sache. Mein Sohn hat schon immer gesagt, ich würde ständig abschweifen. Da hat er vielleicht Recht. Aber das Leben ist auch einfach zu vielseitig und bunt, als dass man immer auf dem gleichen Pfad bleibt, oder nicht? Ach Jungchen, komm erstmal in mein Alter, dann wirst du das verstehen.

Auf jeden Fall war ich froh, dass das Vieh nicht mehr ständig kläffte. Dieses penetrante Bellen, das Tag und Nacht durch die Nachbarschaft hallte. Wirklich Tag und Nacht! Dass es Frau Bremer selbst nicht wahnsinnig gemacht hat, ist ein Wunder. Obwohl sie ja selbst nicht ganz knusper im Oberstübchen war. Und das behaupte ich hier nicht nur, das haben alle gesagt!

Das ständige Kläffen hat mich zur Verzweiflung gebracht. Da habt ihr mir echt einen Gefallen getan, der schrecklichen Töle den Hahn zuzudrehen. Zack, Lichter aus. Obwohl es ja nicht ganz so schnell ging.

Warum wirst du denn jetzt so rot, Elias? Keine Angst, ich erzähle schon nichts von dem Schürhaken oder der Astschere, die ihr benutzt habt.

Ha, wie einfach der Schwanz damit abzuknipsen war. Da hat deine Mutter echte Qualität gekauft. Hast du ihr eigentlich je gesagt, dass ihr sie aus ihrem Keller hattet?

Oder habt ihr sie einfach zurückgelegt?

Elias, jetzt sag doch was!

Wie, das tut nichts zur Sache? Jaja, nehmen Sie den Bengel nur in Schutz.

Woher ich das alles weiß? Mein Junge hat mir das erzählt. Ja, auch das mit dem Schwanz des Hundes. Und das war ja auch nicht das Einzige, was ihr angestellt habt, ne, Elias? Was mir der Leon alles erzählt hat, was ihr nach der Schule so getrieben habt. Die kleine Susi Müller leidet ja heute noch drunter. Gut, dass keiner je rausgefunden hat, dass ihr das wart, sonst hätten sie euch bestimmt weggeschickt. Und noch besser, dass sie nicht schwanger geworden ist. Wenigstens wart ihr so umsichtig ihn vorher rauszuziehen.

Ach ja, und wenn ich an das Feuer in der Scheune zurückdenke, in der all die Kälbchen verbrannt sind. Auch da könnt ihr Gott danken, dass euch keiner auf die Schliche gekommen ist. Wenn man das alles zusammenrechnen würde, dann würdet ihr bis heute das Tageslicht nicht wiedergesehen haben. Wilde Zeiten waren das.

Auch wenn das schon jahrelang her ist, Lausbuben bleiben Lausbuben.

Hmm ... vielleicht erklärt das auch, was mit Leon los ist. Aber nein, das glaube ich nicht. Ein Lausbube macht Unsinn und Blödsinn und zerstückelt keine…

Was? Ja, doch! Ich komme ja bald zur Sache!

Nach der Qual der Geburt haben sie mir Leon in den Arm gelegt. Seinen Namen wusste ich in dem Moment, als ich sein kleines Stupsnäschen und seine winzigen Händchen gesehen habe. Er war einfach ein Leon, daran gab es nichts zu rütteln.

Wissen Sie, wenn man dieses kleine Bündel Mensch im Arm hält, wie soll man dann ahnen, was aus ihm wird? Man gibt sein Bestes, versucht immer es zu beschützen, aber die Welt ist grausam. Die Welt hat Reißzähne und schnappt damit zu, wann immer sie kann. Das war eine Lektion, die Leon schon früh lernen musste.

Wie sie ihn immer gequält haben in der Grundschule, es war herzzerreißend. Besonders dieser Marwin Keller. Nicht nur einmal hat sich mein Junge in den Schlaf geweint wegen dieses schrecklichen Kindes, bis ich es irgendwann nicht mehr ertragen konnte. Niemand macht so etwas mit meinem Baby!

Also hab ich die Schlüssel genommen und bin zur Pause in die Schule gefahren. Ich kann Marwins Heulen und Winseln noch heute hören. Haha, da war nicht mehr viel von dem Tyrannen zu erkennen. Das Quieken, das Flehen und wie ihm der Rotz aus der Nase gelaufen ist, als er da im Dreck lag. Es war herrlich. Danach hat er meinen Leon nicht mehr angefasst und das war auch besser so. Sonst hätte ich auf seinem Nachhauseweg auf ihn gewartet. Das hab ich ihm deutlich zu verstehen gegeben. Aber er hat sich nie wieder auch nur in die Nähe von Leon getraut. Das war das Hausverbot in der Schule und auch die Geldstrafe eindeutig wert. Ich bereue es nicht und würde es immer wieder tun. Allein das Selbstvertrauen, das Leon dadurch gewonnen hat. Seit dem Tag ließ er sich nichts mehr gefallen. Ich hoffe, dass er der Grund ist, warum sich andere Kinder in den Schlaf geweint haben.

Es ist ziemlich kalt hier drin oder nicht? Elias sei so gut und schließ das Fenster. Wir haben immerhin keinen Sommer. Frische Luft hin oder her, aber ich muss doch nicht erfrieren. Schlimm genug, dass ich in diesen Raum eingesperrt bin. Ziemlich trostlos, wenn ich das mal so sagen darf. Ein bisschen Grünzeug würde der Atmosphäre hier drin echt guttun.

So ein Farn oder ein Buxbaum. Aus Plastik reicht doch, ich weiß ja, wie schlampig ihr Männern beim Gießen seid. Die Plastikdinger gibt es doch günstig in diesem großen Möbelhaus, da leidet die Staatskasse nicht ganz so sehr. Oder ein paar Bilder. Ich dachte so Vernehmungsräume sollen freundlich aussehen, damit man sich wohl fühlt.

Ja, dass ich nichts sagen muss, haben Sie mir schon erklärt. Ich bin doch nicht dämlich. Aber wenn es hilft, mein Baby zu beschützen, dann sage ich doch auf jeden Fall etwas. Leon hat das mit Sicherheit nicht böse gemeint, wenn es stimmt, was sie ihm vorwerfen.

Könnte ich vielleicht noch ein Glas Wasser bekommen? Ich muss meine Tabletten nehmen. Sie sind in meiner Handtasche. Ja, Elias gib‘ sie mir bitte.

Nein, nicht die Grünen, es sind die Weißen. Nein, auch nicht die. Die kleinen Runden. Ja, genau. Danke.

Was das für Tabletten sind? Junger Mann, das geht Sie ja eigentlich nichts an und sowas fragt man auch nicht. Aber ich bin ja hier um die Wahrheit zu sagen.

Die Grünen lassen das Zittern aufhören, die großen weißen sind für das Herzpochen und die kleinen Runden machen alles ein bisschen ruhiger in mir. Verstehen Sie das? Naja, ich verstehe das ja auch nicht richtig, aber der Arzt war der Meinung, dass ich die brauche.

Für gewöhnlich höre ich ja nicht einfach darauf was so ein Quacksalber mir sagt, aber es war eine der Auflagen damals, damit Leo bei mir bleiben konnte.

Seitdem schlucke ich die Dinger brav zweimal am Tag. Auf jeden Fall fühle ich mich nicht ruhiger dadurch, egal was in der Packungsbeilage steht. Selbstverständlich würde ich das niemals vor dem kitteltragenden, eingebildeten, mit dem gekauften Doktortitel Kerl zugeben. Wenn ich dort einmal die Woche hingehe heißt es nur „Jawohl, Sir!“, „Aber natürlich“ und „Auf jeden Fall geht es mir besser.“ Er glaubt es und ich kann wieder nach Hause zu meinem Leon gehen.

Danke, Elias. Stell meine Tasche bitte wieder zur Seite. Ordnung muss sein! Das hat meine Oma auch schon immer gesagt. Ich mochte sie zwar nie wirklich, sie war ein richtiger Drachen, aber sie war doch immer noch meine Oma. Zumindest hatte sie recht damit. Auch das habe ich Leon stets versucht, beizubringen, doch das war gar nicht nötig.

Der Leon war schon immer ein sehr akkurater Junge. Unordnung kann er gar nicht ausstehen. Selbst beim Essen hat er sein Schnitzel immer in gleich große Stücke geschnitten, sonst konnte er nicht essen. Das müssen Sie sich mal vorstellen. Ein 10-Jähriger, der einen Schreikrampf bekommt, weil er eine Bratwurst im Brötchen essen soll. Er hat geschrien und getobt. Bis ich ihm die blöde Wurst aus der Hand genommen, einen Teller und ein Messer geholt und ihm das verflixte Ding in gleich große Scheiben geschnitten habe. Gleichgroße Stücke, ganz wichtig. Erst dann hat er aufgehört zu brüllen und hat es brav gegessen.

Die anderen haben vielleicht blöd geschaut, aber wissen Sie was? Das war mir egal.

Auch das Gerede der Leute als er älter und in den Augen der Nachbarn „merkwürdig“ wurde. Ja, die Gänsefüßchen setze ich ganz bewusst. Der Leon ist halt nicht wie die anderen Kinder. Hat sich nicht für Sport interessiert und auch nicht für Mädchen. Das kann man schon merkwürdig finden, aber es geht doch keinen was an. Die Leute zerreißen sich ja gerne das Maul, das kennt man ja. Es ging doch keinen etwas an, ob der Leon mit seinen Freunden nach der Schule irgendwo „abhing“, so wie die coolen Kids es heutzutage nennen. Er hat halt lieber im Wald gespielt, und das hat mich sehr stolz gemacht. Besser, er war im Wald unterwegs und hat seiner Kreativität freien Lauf gelassen, als nur diese Ballerspiele zu spielen.

Nein, Sir, so eine Konsole hätte ich meinem Jungen nie gekauft und das schöne war, er hat auch nie eine gewollt. Leon mochte Tiere, die Natur. Was er mir immer für Geschichten erzählt hat, wie viele Tiere er im Wald um unser Haus so fand. Hätte ich nicht gedacht, dass es so lebhaft zugeht dort draußen. Irgendwann hat er dann auch Fallen gebastelt um sie zu fangen.

Was er mit den Tieren dann gemacht hat? Das weiß ich gar nicht so genau, aber ich vermute, dass es in die Richtung ging wie mit Herbert, dem Dackel. Oder, Elias? Du warst doch auch das ein oder andere Mal dabei. Wie ihr immer hungrig in die Küche gestürmt seid und ich euch ein paar Brote gemacht habe.

Ach, das waren noch schöne Zeiten. Wie ihr immer gestrahlt habt, der Geruch nach Schweiß und frisch gemähtem Gras, herrlich. Nur wie dreckig ihr immer wart. Wie oft ich Blut- und Dreckflecken aus euren Hosen geschrubbt habe. Aber ich habe es gerne gemacht, weil es bedeutete, ihr hattet eine schöne Kindheit, und das ist doch das Wichtigste.

Das waren noch unbeschwerte Tage, für mich und für euch. Ich denke gerne daran zurück, damals habt ihr mich noch gebraucht und sei es nur zum Brote schmieren und Hosen flicken. Es ist es schönes Gefühl, gebraucht zu werden. Ja, das mag komisch klingen, aber so ist es nun einmal und ich entschuldige mich auch nicht dafür, selbst wenn man mich auch für merkwürdig hält, das ist egal. Sollen die Leute doch denken, was sie wollen.

Als Leon dann älter wurde, begann er dann doch sich für Mädchen zu interessieren. Er ist ja schon ein gutaussehender Junge, mit guten Manieren. Darauf habe ich immer Wert gelegt. Da hat mich das dann nicht überrascht, als er anfing, Mädchen mit nach Hause zu bringen.

Leon hatte ein Händchen dafür, die Mädchen zu finden, die neu in der Stadt waren. Klug war er ja schon immer. Ich bin ja der Meinung er ist hochbegabt. Die Frau Schmidt, seine Lehrerin aus der fünften Klasse, so eine dämliche Kuh, wenn ihr mir die Bemerkung erlaubt, hat einfach nicht gemerkt, wie brillant mein Sohn ist. Die hat ihn doch tatsächlich eine Klasse wiederholen lassen, obwohl Leon hochbegabt ist. Hochbegabt!

Einen Test? Nein, sowas haben wir nie gemacht. Warum auch? Wenn man das weiß, dann weiß man das einfach, da braucht man keinen doofen Test für.

Allein wie er die ganzen Mädchen zu uns nach Hause gelockt hat. Das war einfach brillant. Sitzenbleiben hin oder her. Echte Intelligenz hat nicht immer was mit schulischen Leistungen zu tun.

Ja, ich weiß, dass er keinen Schulabschluss hat. Und ja, bevor Sie auch noch meinen, damit um die Ecke zu kommen, ich weiß auch, dass er keine richtige Ausbildung hat. Aber er arbeitet gerne in der Fleischerei. Er sagt, es macht ihn glücklich zu sehen, was er am Tag alles schaffen kann. Wir haben nicht so viel Geld, aber wir sind glücklich und das ist die

Hauptsache. Wie viele Menschen können das schon von sich behaupten? Auch wenn sich der Leon dafür die Hände schmutzig machen muss.

Roll' bloß nicht mit den Augen Elias. Das ist ein ehrlicher und anständiger Beruf. Du isst doch auch gerne Fleisch. Da solltest du nicht darüber schimpfen, wenn jemand bereit ist, diese Arbeit zu machen, damit du deine Salami auf dem Frühstücksbrötchen haben kannst. Und keinesfalls solltest du die Nase rümpfen, nur weil du eine schicke Uniform trägst. Du bist dadurch nichts Besseres. Wenn ich deine Mutter das nächste Mal sehe, werde ich aber mal ein paar Takte mir ihr reden. Uniform hin oder her, sie sollte dir mal wieder zeigen, wie man sich zu benehmen hat.

Jetzt werden Sie nicht auch noch schnippisch, ich erzähle ja gleich weiter. Aber ich habe diesen Bengel quasi miterzogen, da werde ich ihm ja wohl noch die Meinung sagen dürfen, wenn er sich danebenbenimmt.

Was für eine Aufregung. Entschuldigung, möchte natürlich nicht ausfällig werden, aber das ist ja schon alles ein bisschen viel was gerade in meinem Leben los ist. Leon ist doch alles, was ich habe und da sagen Sie, er hätte so böse Dinge getan. Kann ich mir eigentlich gar nicht vorstellen, dass das so schlimm war. Ich meine, die Mädchen hat doch keiner vermisst. Ja gut, die eine. Aber all die anderen, die waren doch nicht so wichtig, dass man jetzt so einen Aufwand veranstalten muss. Seien Sie doch nicht so ungeduldig, ich erzähle ja schon weiter. Die Jugend von heute hat auch gar keine Geduld mehr.

Auf jeden Fall waren das ganz reizende Mädels, die der Leon da mit nach Hause gebracht hat. Ganz anständige und liebe. Haben höflich Hallo gesagt und gefragt, wie es mir geht. Wirklich, ganz, ganz anständig.

Von mir aus hätte der Leon öfters wen mit nach Hause bringen können, wenn dann nicht immer das Aufräumen gewesen wäre und all das Blut. Der Leon hat sich immer um das Aufräumen gekümmert, aber das ganze Blut. Meine Güte, war das schwer aus dem Teppich raus zu bekommen.

Zum Glück hat Leon einen dunkelgrauen Teppich in seinem Zimmer. Ich fand das damals ja nicht so toll, immerhin sollte er nicht in einer Gruft leben. Aber er hat darauf bestanden, also hat er seinen Teppich bekommen. Jetzt im Nachhinein bin ich natürlich froh darüber. Stellen Sie sich doch nur vor, wie schwer das Blut aus dem beigen Teppich rauszubekommen gewesen wäre, den ich ausgesucht hätte. Nein, Nein, da hat der Leon eine gute Wahl getroffen.

Diesen Fleckenentferner kann ich übrigens wärmstens empfehlen. Drauf, einarbeiten, ein paar Stunden einwirken lassen und dann einfach mit dem Staubsauger drüber. Wie neu! Damit habe ich immer alle Flecken wegbekommen. Egal, wie sehr der Leon rumgesaut hat und glauben Sie mir, manchmal war da schon gut was los. Das ging ziemlich laut zur Sache manchmal, aber wissen Sie was, ich mag es, wenn im Haus mal wieder was los ist. Es ist doch immer so still.

Ach, wie heißt der Reiniger denn noch einmal? Ich schau‘ Zuhause nach. Ihre Frauen werden es mir danken, das Zeug ist eine Erleuchtung.

Was schaust du denn jetzt so komisch, Elias? Ich weiß, in deinem Alter hat man noch Flausen im Kopf, aber irgendwann kommst auch du in ein Alter, in dem du dich für Haushaltstipps interessierst. Zumindest solange du keine gute

Frau an deiner Seite hast. Aber die findest du bestimmt noch, du bist doch ein gutaussehender junger Mann.

Warum ich das Blut entfernt habe? Was ist denn das für eine dumme Frage! Hätte ich es etwa so lassen sollen? Der Teppich hat schon ein paar Jahre auf dem Buckel, aber er ist doch noch völlig in Ordnung. Ich sehe es doch nicht ein, Geld aus dem Fenster zu werfen für etwas, was nur eine ordentliche Reinigung braucht!

Warum ich nicht die Polizei gerufen habe? Warum das denn? Sie wären doch nicht gekommen und hätten mir beim Saubermachen geholfen?

Ha, also das ist doch lächerlich. Seit meine Mutter mich in meinem schwangeren Zustand rausgeworfen hat, sorge ich alleine für meinen Haushalt.

Wie, darum geht es nicht? Worum denn dann?

Was? Beihilfe? Was faseln Sie da? Ich hab geputzt, sonst nichts.

Ich habe bei gar nichts geholfen. Mein Junge hat etwas dreckig gemacht und ich habe hinter ihm wieder für Ordnung gesorgt. Das ist alles

Verhaftet? Was soll denn jetzt der Blödsinn? Sind Sie auch einer dieser Freudianer?

Das ist ja wohl lächerlich. Fassen Sie mich nicht an. Elias nimm deine Hände weg, wehe du legst mir diese Dinger an. Aua, das ist zu fest.

Meine Rechte? Sie wollen mich doch verarschen…

Na warten Sie, wenn ich mit meinem Anwalt telefoniert habe, dann können Sie sich ihren…. AUA, lassen Sie das… Ich habe nichts falsch gemacht. Elias! Hör auf! Ich werde das deiner Mutter erzählen!

Autor
Henning Riebeke

Henning Riebeke ist ein reisender Schreiberling oder ein schreibender Bergsteiger, der schon auf den Höhen des Himalaya Märchen vom Donkey-King für nepalesische Kinder geschrieben hat. Oder in Galway über die Unmöglichkeit einer verbotenen Liebe im streng katholischen Irland. Oder auf den verführerischen Weingütern Südafrikas einen Serienmörder gefunden hat. Geboren in der Lüneburger Heide, schrieb er bereits für Zeitungen, Magazine und Reiseführer über Bienen, Bergsteigen und Bhutan. Allerdings noch nicht über bergsteigende Bienen in Bhutan. Unter anderen Pseudonymen veröffentlichte er bereits als Selfpublisher. Er lebt und arbeitet in Willingen, manchmal.

Eine Playlist mit den Lieblingssongs vom Froschmann gibt es bei Spotify unter: henning.autor Der Froschmann

Ein Froschmann in Willingen

Von Henning Riebeke

Kapitel 1

Drei Jahre. Drei verdammt lange Jahre hatte er Mattis nicht mehr gesehen. Drei Jahre ohne seinen Rottenbruder. Der, mit dem er durch die Hölle gegangen war. Der, mit dem er die Prüfung abgelegt hatte, Stunden um Stunden, zusammen durch die eiskalte Ostsee geschwommen war. Der, mit dem er in unzähligen Einsätzen im Dschungel von Kolumbien, in der Wüste von Mali und im schroffen Hindukusch von einem Flugzeug abgesprungen war. Mit dem er in der Straße von Hormus nachts ein Piratenboot geentert hatte, die Geiseln befreit, das Boot gesprengt, alle Geiseln an Bord eines Helikopters gebracht hatte und dann gemeinsam mit ihm im tiefen dunklen Wasser zusammen mit den Kälbern der Walhaie verschwunden war. Mattis, seinem Bruder, seinem FireTeam-Bruder aus Eckernförde.

Der Fahrtwind wehte den Namen seiner Ex durch seine Gedanken. Gerrit wusste nicht, wem er mehr, wenn auch gänzlich anders, nahestand.

Der Motor seiner Hayabusa verstummte, als er auf dem Parkplatz mitten im Wald an der Diemelquelle hielt. Es war noch zu früh, also stoppte er hier kurz, um sich den Sonnenuntergang anzusehen. Aber weil er, wie immer, das Gas seiner Hayabusa, die er sich zu seinem Dreißigsten vor drei Jahren gegönnt hatte, rücksichtslos ausgereizt hatte, war nun einmal zu früh hier. Hier im Upland, im Sauerland.

Gerrit klemmte seinen schlichten schwarzen Helm unter den linken Arm und schob seinen durchtrainierten Körper den Weg hoch, der zu der Hütte führte, die sein Ziel war.

Die Uhr zeigte 19:22 Uhr. Er wurde um 20:30 Uhr erwartet, und würde seinen Gastgeber nicht durch zu frühes Erscheinen in Verlegenheit bringen.

Gerrit ahnte nur, wie liebevoll, fast zärtlich sich diese Septembermitte zeigte. Die Graf Stolberg Hütte hatte bereits geschlossen, aber das Panorama, das sich vor ihm öffnete, flutete ihn mit Magie. Einer Magie, die er, Gerrit Jansen, nur kannte, wenn sich sein Körper durch das Wasser pflügte, wenn er, der Froschmann, der Kampftaucher, dort war, wo er hingehörte. Im Wasser.

Es konnte noch nicht lange her sein. Vielleicht vier oder fünf Tage, bevor die sanfte Invasion des Herbstes, den Staub des schwitzenden Sommers aus dem Sauerland herausgeblasen hatte. Jetzt wiegte sich die klarste, reinste blaue Luft mit unangestrengter Mühe um die lila Blüten der vereinzelten Erikastauden. Langsam glitt sein Blick empor. Bläuliches Leuchten lag leise auf den Hügeln, die sich unendlich lang und weit in den Horizont legten.

Einige Minuten stand er vor einem alten Baum, vollkommen bewegungslos, wie eine Statue, die in die Ferne blickte. Selbst wenn ihn hier jemand erblickt hätte, in der einsetzenden Dämmerung hätte ihn niemand erkannt. Schon gar nicht die kleine Anomalie auf seinem Gesicht, denn sein linkes

Auge lag kaum messbar einen halben Millimeter höher als sein rechtes Auge. Er hatte seine antrainierten Instinkte nicht verloren. Noch immer konnte er sich völlig lautlos verhalten. Erst der Ruf eines Waldkauzmännchens, der sein Revier markierte, brachte seine Gedanken wieder zurück. Die Sonne war untergegangen und das Blau war schwächer, leiser geworden. Seine Uhr zeigte 20:20 Uhr an, also stieg er wieder auf seine Maschine, um über Usseln nach Willingen zu fahren.

Pünktlich um 20:30 Uhr klingelte er an dem alten kleinen Schieferhaus, das sich im oberen Stryck an den Rand des Waldes schmiegte.

Es war Mattis, der ihm öffnete und dessen steinernes Gesicht sich langsam zu einem breiten Grinsen wandelte. Ohne ein Wort zu sagen, zogen sie einander in eine kräftige Umarmung, obwohl ihm die körperliche Nähe immer etwas unangenehm war.

„Gerrit!", schrie Mattis heraus. Löste die Umarmung, packte Gerrit erneut, hob ihn an und wirbelte ihn einmal im Kreis herum.

„Immer noch kein Bürohengst geworden? Kraft hast du jawohl noch."

Dann schlug Gerrit seinem Rottenbruder so kräftig auf die Schulter, dass jeder andere sofort zu Boden gegangen wäre. Mattis zuckte nicht einmal und revanchierte sich mit einer kräftigen Kopfnuss. Sie waren kurz davor in ein Große-Jungs-Gerangel zu fallen, als er die helle Stimme von Anike, mit der Mattis seit einigen Jahren verheiratet war, hörte.

„Willkommen Gerrit. Auch, wenn du dich schämen solltest, dass du uns drei Jahre nicht besucht hast.“

Sie begrüßte Gerrit und schob die beiden dann auf die Terrasse. Dort war ein BBQ vorbereitet, eines von der Sorte, wie sie es immer in Eckernförde gemacht hatten, wenn es etwas zu feiern gab. Das Konzept war einfach. Es gab viel, viel von allem. Mattis verschwand, um Getränke zu holen, und Gerrit ließ seinen Blick über Anike streifen. Sie war eine etwas kräftigere Frau, lange blonde Haare, großgewachsen mit scharfem Blick. Gerrit kannte sie seit vielen Jahren. Solange er Mattis kannte, war dieser mit Anike zusammen. Nie hatte Mattis eine andere Frau auch nur angeschaut. Jetzt wölbte sich ihr Bauch deutlich hervor.

„Du bist schwanger.“ Er musterte sie.

Anike lachte mit dem ihr typischen Lachen, mit dem sie jeden für sich einnahm.

„Ja, im sechsten Monat. Wir wollten es dir nicht am Telefon sagen.“

Mattis tauchte mit zwei Bieren und einer Limonade wieder auf. „Bist du überrascht, Onkel Gerrit?“ Mattis grinste noch immer im Kreis.

Kaum merklich zuckte Gerrit zusammen. „Ihr wollt, dass ich den Patenonkel gebe?“

Mattis grinste noch immer. „In wie vielen Einsätzen habe ich dir mein Leben anvertraut? Oder du mir deines. Wem sonst sollte ich meinen Sohn anvertrauen.“

Sie hatten Steaks, Salate, gesundes Grünzeug. Und Bier, viel Bier. Anike erzählte noch von ihrem Bruder, welcher am nächsten Tag aus Holland anreiste, er sollte der zweite Patenonkel werden. Dann sprachen sie über ihre Polizeiausbildung. Gerrit war zum LKA nach Hannover gegangen, Mattis bei der Polizei in Hessen.

Später verabschiedete sich Anike, während Gerrit und Mattis im Wohnzimmer saßen, wo sie Musik hörten. Sie hatten sich über die Jahre, die sie in einem Team waren, so einander angenähert, dass sie sogar den gleichen Musikgeschmack hatten. Sie hörten Songs von Matt Mason, Tom Petty. Einige Biere später röhrte Beth Hart zu der Gitarre von Joe Bonamassa.

„Machst du es?“ Mattis sah ihn bittend an.

Gerrit nahm einen tiefen Schluck aus seiner Flasche. „Du kennst meine eigene dysfunktionale Familie. Ich habe keine Ahnung, wie man ein guter Patenonkel ist. Aber ja, ich mach es. Und Mattis, ich freue mich darauf.“

Mattis entspannte sich etwas. „Erinnerst du dich noch an unseren ersten Einsatz? Ich kam den kompletten Tag davor nicht mehr vom Klo. Du gabst mir einen Rat: Habe Angst, aber habe keine Angst vor der Angst.“ Mattis räusperte sich. „Das war ein guter Rat, aber jetzt hast du Angst. Und mir geht es genauso. Mir war auch nicht klar, dass es schwieriger ist Vater zu werden, als auf einer Höhe von achttausend Metern über dem Hindukusch aus einem Flugzeug auszusteigen“

Die raue Stimme von Marianne Faithfull klang aus den Boxen und Gerrit nickte.

Kapitel 2

Roman hockte sich ins Unterholz und betrachtete durch sein digitales Nachtsichtgerät den großzügigen Bungalow, welcher Wohnsitz und Praxis beherbergte. Der Mond warf ein fahles Licht auf die Wohnsiedlung im Hoppecketal an dessen Ende der Bungalow, umgeben von einer dichten Eibenhecke, stand. Seit sechs Nächten schon beobachtete er den Bungalow von dieser Anhöhe aus. Der alte Mann in dem Haus verbrachte die Abende gleich. Sobald die Haushaltshilfe aus dem Haus war, aß er zu Abend, um sich daraufhin mit einem Glas Wein oder Scotch in den Chesterfield – Sessel zu setzen und den Fernseher anzumachen.

Er hatte einen dunkelgrünen Poncho an, der ihn perfekt tarnte. Vor einigen Tagen war abends ein Jäger auf einem Hochsitz, um nach Wild Ausschau zu halten. Roman hatte sich zwei Stunden in seinem Poncho nicht gerührt. Selbst der erfahrene Jäger entdeckte ihn nicht.

Wie so oft, kamen ihm die Briefe seines Vaters ins Gedächtnis. Er war jetzt zweiundzwanzig Jahre alt, dennoch hatte er seinen Vater nie kennengelernt. Als letztes Jahr von der Gefängnisverwaltung dann der Brief kam, dass sein Vater einem zerebralen Aneurysma erlegen war, befand Roman sich in seinem Auslandssemester in England. Selbst bei der Beerdigung seines Vaters war er nicht gewesen.

Aber Roman wusste, dass sein Vater nicht an einem Aneurysma gestorben war. Viele Briefe wurden aus dem Gefängnis rausgeschmuggelt. Und Andrej, ein Freund seines Vaters, der ebenfalls ein Russlanddeutscher war, hatte sie ihm gebracht. Andrej hatte ihm auch die SIG P320 besorgt.

In seinen Briefen hatte sein Vater wiederholt geschrieben, dass sie ihn im Gefängnis ermorden würden. Immer wieder berichtete er von Medikamenten, die man ihn zwang einzunehmen, obwohl er doch gar nicht krank war.

Jeden einzelnen seiner Briefe las er wieder und wieder. Hatte alles in sich aufgesogen.

Deswegen vertraute Roman keiner Staatsmacht, eigentlich vertraute Roman niemanden. Seiner Mutter würde er trauen, aber die befand sich seit Jahren in einer psychiatrischen Anstalt. Meistens war sie kaum ansprechbar. Über seinen Vater hatte sie nie wieder gesprochen. Vielleicht vertraute er Andrej, aber das wusste er nicht mit aller Gewissheit.

Noch während sie schwanger war, vergewaltigten drei junge Männer einer Studentenverbindung seine Mutter, sein Vater kam dazu und erschlug alle drei. Im Gerichtsurteil wurde aber nicht auf Totschlag, sondern auf Mord plädiert und im Urteil auch noch die besondere Schwere der Schuld festgestellt. Dabei hatte sein Vater nur seine schwangere Mutter verteidigt.

Roman packte sein Nachtsichtgerät zurück in den Rucksack, legte seinen Poncho dazu. Für heute ließ er einen letzten Blick über die Hoppecke streifen, die friedlich durch das Tal plätscherte. Dann machte er sich auf den Weg in die Ferienwohnung, die er unter falschem Namen angemietet hatte. Noch sechsunddreißig Stunden und er würde dem Mann gegenüberstehen, der seinen Vater ermordet hatte. Erst würde er ihn zur Rede stellen, seine neun Millimeter, würde dann den Rest erledigen. So wie sein Vater es ihm in seinen Briefen gelehrt hatte. Ein Tod konnte nur mit einem Tod vergolten werden.

Kapitel 3

Lerne leiden, ohne zu klagen! Das war das Leitmotto der Kampfschwimmer, welches Gerrit nun mantrahaft wiederholend durch den Kopf jagte, verfolgt von dem Kater, der ihn heimsuchte. Es war fünf Uhr morgens und er hörte das kreischende Geräusch des Kaffeeautomaten, der wohl von Mattis bedient wurde. In Eckernförde waren sie auch immer um fünf Uhr aufgestanden. Wenigstens einen kurzen Espresso und ein Glas Wasser wollte er sich vor dem Joggen dennoch gönnen. Gerrit zog sich die Jogginghose und ein schwarzes T-Shirt über, bevor er zu Mattis in die Küche trat.

„Moin." Mattis blickte ihn verkatert an.

„Lerne leiden, ohne zu klagen." Gerrit grummelte zurück. Mattis lachte ihn müde an.

Wenig später waren sie bereits unterwegs und nach zwanzig Minuten zog er das Tempo an, sein Körper gelangte langsam auf Betriebstemperatur. Schweigend liefen sie nebeneinander her. Schläfriger Nebel lag über dem Ettelsberg, vom letzten Licht des Mondes schummrig. In der Ferne hörte er dreimal den Ruf des Waldkäuzchens. Noch eine Stunde, dann würde die Sonne aufgehen.

Mattis folgte ihm. Den Ettelsberg rauf, auf der anderen Seite wieder runter. Dann in Richtung Hochheide, wo die Erika in voller Blüte stand. Kurz vor der Dämmerung ragten einige Sträucher wie schroffe Denkmäler aus der blühenden Heide hervor. Mattis schlug den schmalen Pfad an der Hoppecke ein, der sie zurück nach Willingen führte. Der Bach mäanderte sich durch Wiesen und Mischwälder. Erste Brauntöne in den Felsenbirnen zeigten den beginnenden Herbst an

Das vertraute Gefühl, das Gerrit von früher kannte, stellte sich ein. Sein Rottenbruder Mattis war ihm der Bruder, den er nie hatte. Den ganzen Weg hatte er seine neue Rolle als Patenonkel durch sein Gehirn hin und her geschoben. Er hatte wirklich keine Ahnung, was einen guten Patenonkel ausmachte. Blitzschnell konnte sein Gehirn eine Analyse seiner Fähigkeiten aufzählen, die er seinem Patenkind beibringen könnte: Schwimmen, Angeln, Segeln, Tauchen, die verschiedenen Nahkampftechniken, Überleben im Dschungel und in der Wüste, Waffenkenntnisse, Scharfschützen .... Stopp. Das war zu viel. Er würde ein Gespräch führen müssen, um herauszufinden, wie er ein guter Patenonkel sein konnte. Allerdings musste er dieses Gespräch mit Anike führen, denn auch wenn sie inzwischen beide Polizisten waren, tickten er und Mattis viel zu ähnlich.

Die Sonne war noch immer nicht aufgegangen, als die ersten Häuser im Hoppecketal in Sichtweite kamen. Plötzlich stoppte er, schlug Mattis vor die Brust und legte den Zeigefinger seiner anderen Hand über seine geschlossenen Lippen. Stumm zeigte auf einen Bungalow, der von einer hohen grünen Hecke gesäumt war. Mattis war augenblicklich stehen geblieben, auch er starrte auf den Bungalow, der etwas unterhalb ihrer Position lag. Ein weißer Mercedes Sprinter parkte vor dem Haus und drei schwarz gekleidete Männer schleppten Kisten aus dem Sprinter in die geöffnete Tür. Ein anderer stand im Eingang und überwachte den Vorgang. Sie konnten nicht genau erkennen, was dort ausgeladen wurde, dafür war der Bungalow zu weit weg.

Gerrit flüsterte nun. „Wer schleppt an einem Samstagmorgen um 6:15 Uhr Dinge aus einem Transporter in ein Haus?“

In diesem Augenblick holten zwei Männer eine lange Kiste aus dem Transporter, die sie zu zweit trugen. „Das ist das Haus von Dr. Stremberger. Wahrscheinlich nur irgendeine Lieferung für seine Praxis. Der ist vor einigen Jahren hierhergezogen.“ Mattis winkte ab und lief weiter, Gerrit folgte ihm. Zwei Kilometer vor dem alten Schieferhaus am Stryck beschleunigte Gerrit nochmal das Tempo. Der Endspurt war immer ein Wettbewerb, den Gerrit jedes Mal gewann.

„Gewonnen.“ Gerrit keuchte. „Dafür darf ich zuerst duschen.“ Mattis keuchte ebenso. „Du willst duschen? Wir machen nur kurz Frühstück für Anike, dann fahren wir zum Diemelsee. Laufen ist doch was für Landratten.“

Eine Stunde später pflügten sie nebeneinander durch den Diemelsee bei Heringhausen. Der Kater war verflogen.

Kapitel 4

Roman schlief bis in die frühen Abendstunden, bereitete sich dann ein Rührei zu und trank eine Tasse Tee. In den frühen Morgenstunden würde er seinen Plan ausführen. Die Nachtstunden waren zu riskant. Denn auch wenn das Hoppecketal am Rande von Willingen lag, wollte er nicht das Risiko eingehen einer Streife der Stadtpolizei oder einem der vielen Securitymänner über den Weg zu laufen, die für Ordnung und Sicherheit im Willinger Nachtleben sorgten. Ab drei Uhr war Sperrstunde, um fünf Uhr begegnete man niemanden mehr. Nur in den Gaststätten, in denen die Menschen ausgelassen tanzten, wie der Dorf Alm oder dem Vis-à-Vis waren die ersten Reinigungskräfte schon dabei die Reste der Nacht zu beseitigen.

Also ging Roman seinen Plan immer wieder durch. Es gab nur eine Überwachungskamera an dem Bungalow und die überwachte den Vordereingang. Roman würde durch die Hintertür, die in den Wirtschaftsraum führte, reingehen. Danach wäre der Rest ein Kinderspiel. Stremberger war ein alter Mann. Er hingegen war erst zweiundzwanzig Jahre alt, trieb viel Sport, ernährte sich gesund und hielt sich von Alkohol und Drogen fern. Außerdem hatte er die Pistole.

In seinen Gedanken dankte er Andrej. Ohne den Freund seines verstorbenen Vaters hätte er es nicht gewagt, seinen Plan umzusetzen. Andrej hatte ihm die SIG P320 besorgt und es war auch Andrej gewesen, der die Adresse des früheren Gefängnisarztes Dr. Stremberger herausgefunden hatte. Roman vermutete, dass Andrej Kontakte zur organisierten Kriminalität hatte. Aber das war ihm egal.

Gerrit und Mattis verbrachten den Tag mit Gesprächen über ihre gemeinsame Zeit beim Militär. Immer wieder sprachen sie über verschiedene Einsätze, die sie in die ganze Welt geführt hatten. Zumindest wenn Anike nicht zugegen war, denn alles aus ihrer Einheit unterlag der strengsten Geheimhaltung. Nicht einmal Anike wusste, was genau die beiden beim Militär gemacht hatten. Ihre Einsätze waren nicht nur am Rande der Legalität gewesen, sondern manchmal auch jenseits des Gesetzes. Und nicht nur einmal hatten sie getötet.

Als Anike ihren Mann aber noch zum Einkaufen schickte, nutze Gerrit die Chance für ein Gespräch mit ihr und blieb bei ihr, während Mattis davonfuhr.

Sie saßen draußen auf der Terrasse und blickten über das Tal auf den Viadukt.

„Ich kann deine Gedanken arbeiten hören Gerrit. Jetzt spuck schon aus, was du sagen willst." Anike drehte sich belustigt zu Gerrit hinüber, der sie genau musterte. Anike war nie eine schlanke Frau gewesen. Dennoch kam sie ihm jetzt, wo sie schwanger war, so attraktiv wie nie vor. Dann schenkte er ihr eines seiner seltenen Lächeln. „Wie mache ich das, also mit dem Patenonkel? Hat dir Mattis von meiner Familie erzählt? Ich bin ein Eigenbrötler, habe nicht viel soziale Kontakte und kenne definitiv kein Kind. Ich weiß nichts über Kinder." Anike lachte auf. „Du bist genau wie Mattis. Diszipliniert, stoisch, analytisch aber eigentlich selbst ein großes Kind mit zu viel Testosteron." Sie nahm einen Schluck Tee und hielt sich den Bauch.

„Also ich habe einen Bruder und meine Horde von Cousinen und Cousins haben fast alle Kinder. Bei uns gab es immer viele Kinder in der Familie. Fang einfach damit an, dass du uns häufiger besuchen kommst, dass der Kleine dich kennenlernt. Ansonsten wirst du ja heute Abend meinen Bruder kennenlernen. Halte dich an ihn, er wird der zweite Patenonkel sein und kann super mit Kindern umgehen.“ Gerrit hatte den Eindruck, als ob für Anike das Thema damit erledigt wäre, denn sie stand auf, um sich eine neue Tasse Tee zu holen. Er nahm ihr die Tasse ab. „Lass mich das machen.“ Dann gluckste er. „Vielleicht mag der Kleine ja nicht, dass du so viel rumläufst.“ Aber als er mit einer vollen Tasse Fencheltee zurückkam, griff Anike das Thema noch einmal auf. „Versprich mir, dass du dafür sorgst, dass der Kleine in seinem Berufsleben nicht so einen komischen geheimen Militärkram machen wird, wie ihr beide. Denn bei Mattis bin ich mir da nicht so sicher.“

Weil Anike sich nicht wohl fühlte, gingen Gerrit und Mattis abends ins Dorf, tranken ein paar Bier in den verschiedenen Kneipen und verdrückten jeweils gleich zwei Haxenburger in der Dorf Alm. So etwas hatten sie früher oft gemacht.

Kapitel 5

Roman hatte kurz vor Mitternacht wieder seine Position im Unterholz auf der Anhöhe über den Bungalow aufgenommen und beobachtete den Mann. Er wartete bis 4:30Uhr, dann schraubte er den Schalldämpfer auf seine SIG P320, die er dann in der vergrößerten Innentasche seine Jacke verstaute, stülpte sich die Sturmhaube über, schulterte seinen Rucksack und schlich sich zu dem Bungalow hinunter.

Er hatte wirklich auf alles geachtet. Natürlich würde die Polizei hinterher seine Beobachtungsposition finden. Natürlich würden sie Schuhabdrücke finden. Aber er hatte sich Schuhe in der Größe 46 bei einem Discounter besorgt, ein Standardmodell. Drei Nummern größer, als er eigentlich trug. Er würde nach der Tat direkt zur Hoppecke gehen und ein Stück im Bach laufen, so konnte seine Spur nicht verfolgt werden. Im Rucksack hatte er ein weiteres Paar Schuhe, die würde er anziehen, wenn er den Bach einige hundert Meter weiter wieder verlassen würde. Er würde nichts hinterlassen. Vielleicht würde man Fasern von seinem Poncho finden. Aber wer sollte das zurückverfolgen. Den Poncho hatte er noch in England gekauft. Vielleicht würde man die von ihm angemietete Ferienwohnung finden, aber er hatte mit einem falschen rumänischen Pass eingecheckt und bar bezahlt. Und er hatte festgestellt, dass es viele Menschen aus Rumänien gab, die in den Gastronomien in Willingen arbeiteten. Außerdem waren an diesem Wochenende einige tausend Touristen hier. Und spätestens mittags würde er wieder in seiner Wohnung in Regensburg sein.

Eine Wolkenfront war aufgezogen und verdeckte das Mondlicht, fast lautlos schlich Roman durch das Unterholz von Baum zu Baum und näherte sich dem Bungalow. Bis er vor der Rückseite des Gebäudes stand. Er zückte einen Dietrich, aber die Tür war nicht einmal verschlossen. Der Alte hatte vergessen abzuschließen.

Dr. Karl Maria Stremberger nahm sich ein Glas Scotch und setzte sich an den Schreibtisch in seinem Arbeitszimmer, welches fensterlos von seinem Schlafzimmer abgetrennt war. Auch er hatte nicht geschlafen, denn es konnte jederzeit losgehen. Gestern Abend hatte er sich noch brutal an seiner jungen vietnamesischen Haushaltshilfe auf dem Küchentisch vergangen, bevor er sie nach Hause geschickt hatte. Er überlegte, ob er sie austauschen sollte, zwar putzte sie sorgfältig, wenn auch etwas langsam, aber ansonsten war sie ihm einfach zu wenig.

Er nahm einen ersten Schluck, wartete, bis sich das angenehme leichte Brennen in der Kehle einstellte und ließ seine Gedanken schweifen. Ja, es war an der Zeit sich eine andere, vielleicht auch Jüngere zu holen. Eine Blondine, vielleicht aus Moldawien oder Russland. Eine junge Frau, die er sich noch genau so erziehen könnte, wie er es sich vorstellte. Das würde er neben seinem Lohn als Leistung bei seinem Patienten einfordern. Dann schaute er auf seinen Computerbildschirm. Die Kamera im Wirtschaftsraum zeigte einen jungen Mann mit einer Sturmhaube, der leise ins Haus schlich. Karl Maria Stremberger tippte nur einmal auf den Absendebutton auf seinem Handy. Die Nachricht, die er abschickte, war bereits verfasst. Dann lächelte er, lehnte sich in seinem Stuhl zurück und nahm einen nächsten Schluck Scotch. Es konnte beginnen.

Roman schlich durch den Flur, der ihn in den Eingangsbereich des Hauses führte. Er wusste, dass hier auf der einen Seite die Räume der Praxis lagen, auf der anderen Seite der Wohnbereich. Bevor er den Wohnbereich betrat, holte der die Sig hervor. Mit gezogener Waffe durchquerte er das Wohnzimmer, dann stand er vor der Tür zum Schlafzimmer. Er gab sich jetzt keine Mühe mehr leise zu sein. Er war am Ziel. Jetzt würde er Antworten bekommen.

Mit einem schnellen Ruck öffnete er die Tür und legte die wenigen Schritte zum Bett zurück, zielte mit der Waffe auf das Bett.

„Guten Abend Roman.“ Stremberger schaltete das Licht seiner Schreibtischlampe an. Roman reagierte blitzschnell. Er fuhr herum und zielte mit der Waffe auf den Arzt in seinem Schreibtischstuhl.

„Hände hoch, so dass ich sie sehen kann.“ Drei weitere Schritte und Roman stand direkt vor dem Schreibtisch. Die Waffe fest in seiner Hand. Stremberger lächelte ihn kalt an. „Ich habe dich schon erwartet. Wie schön, dass du es einrichten konntest.“ Mit einem schnellen Schlag schlug Roman den Bildschirm von seinem Schreibtisch, der krachend auf dem getäfelten Boden zersprang. „Hände hoch, habe ich gesagt!“

Unbeeindruckt erhob sich Stremberger und zeigte seine leeren Hände. „Aber Roman, ich habe doch keine Waffe. Ist es das erste Mal, dass du jemanden ermorden willst?“

Kapitel 6

Heute Morgen war Gerrit nicht verkatert, als er sich um fünf Uhr morgens in seine Jogginghose schob. Mattis erwartete ihn wieder in der Küche. „Moin."

Schweigend trabten sie los, aber bereits nach wenigen Minuten zog Gerrit mit einem diabolischen Gesichtsausdruck das Tempo an. „Wenn unser Ausbilder uns gestern gesehen hätte, wäre die Standpauke unseres Lebens über uns hereingebrochen. Heute legen wir mal richtig los. Außerdem will ich keinen Regen abbekommen." Gerrit schaute nur kurz an den Himmel, der sich zuzog, dann beschleunigte er das Tempo. Mattis zog mit. „Auf der Polizeischule waren so ein paar Jungspunde, die dachten, sie könnten mit mir mithalten. Aber keiner von denen war ein Froschmann. Ich habe sie alle abgehängt." Sie liefen im Volltempo den Ettelsberg hoch, nur wenn es bergab ging, verringerten sie ihr Tempo. Die blühende Hochheide flog an Ihnen wie in einem Rausch vorbei. Erst als sie den Pfad an der Hoppecke erreichten, mussten sie ihr Tempo drosseln. Der Pfad war einfach zu uneben.

Roman hielt weithin die Waffe auf Stremberger gerichtet, der jetzt unbewaffnet vor ihm stand. Nur ein monströser dunkler Schreibtisch im Chesterfield – Stil trennte ihn vom Mörder seines Vaters. Der Bildschirm lag zersplittert am Boden. Stremberger musterte Roman unverhohlen von oben bis unten.

„Du hast dich an die Ratschläge deines Vaters gehalten. Du bist schlank, treibst offensichtlich Sport und ernährst dich gesund." Stremberger sah sehr zufrieden aus.

Roman japste nach Luft. „Woher wissen Sie, was in den Briefen stand?“

„Glaubst ernsthaft, dass Briefe das Gefängnis verlassen, die nicht gelesen werden?“ Stremberger lächelte amüsiert. „Davon abgesehen, waren diese Briefe gar nicht aus dem Gefängnis. Du bist ein dummer kleiner Junge. Dumm und vollkommen unwissend. Fast komplett nutzlos. Steigerst dich in die Idee hinein, dass dein Vater unschuldig im Gefängnis wäre. Das ist über alle Maßen lächerlich und jetzt gib mir die Waffe.“

Blitzartig zielte Roman nicht mehr auf seinen Kopf, er hatte den Arm leicht nach links bewegt und zielte auf die rechte Schulter seines Gegenübers. Dann drückte er ab.

„Lass gut sein Gerrit, du hast mich geschafft.“ Mattis keuchte und verlangsamte das Tempo, als sie unten im Hoppecketal angekommen waren und Gerrit gerade wieder das Tempo anziehen wollte. Dann hörten sie beide den gedämpften Schuss. „Scheiße, was war das?“ Mattis ließ sich sofort zu Boden fallen.

„Ich tippe auf eine Glock mit Schalldämpfer.“ Auch Gerrit ging blitzschnell in die Hocke. „Und das war eindeutig in diesem Bungalow.“

Gerrit kannte diesen Ausdruck auf dem Gesicht seines Rottenbruders, beide waren sie innerhalb von Sekunden mit Adrenalin geflutet. Absolute Entschlossenheit war dort zu lesen, während er hin und her schaute und sein Verstand automatisch die Situation analysierte. „Wir machen es so. Du gehst von links ran, ich von rechts. Wir müssen näher ran und aufklären....“ Mattis sprach leise und völlig ruhig, bis Gerrit ihn unterbrach. „Nein Mattis. Du gehst nicht dorthin. Wir haben nicht die geringsten Informationen, was dort vor sich geht. Wir sind nicht bewaffnet. Wenn dort mehr als drei Gegner drin sind, haben wir so oder so keine Chance. Ich gehe rein und du holst Verstärkung."

Mattis protestierte, aber Gerrit ließ ihn gar nicht erst zu Wort kommen. „Ich gehe rein, wenn ich eine Chance sehe. Du wirst verdammt noch mal Vater, du gehst unbewaffnet nirgendwo hin. Ich werde genau jetzt anfangen, ein guter Patenonkel zu sein, indem ich nicht zulasse, dass du dort reingehst."

Mattis blickte kurz nach unten. „Verdammt Gerrit, bring dich nicht in Gefahr. Mein Sohn wird dich brauchen." Er stockte kurz. „Und ich brauche dich auch." Dann rannte er aus der Hocke los, schlug immer wieder flinke Haken, falls der Schütze ihn bemerken sollte. Gerrit arbeitete sich vorsichtig, aber zügig zu dem Bungalow vor, umkreiste die Eibenhecke und entdeckte sofort eine völlig veraltete Überwachungskamera vor dem Hauseingang, die nur einen sehr eingeschränkten Winkel aufnehmen konnte. Er umging den Winkel, schlug sich durch die Hecke und stand gebückt vor einem Fenster mit zugezogenen Gardinen, er hörte ein Wimmern und Stimmen. Vorsichtig spähte er durch einen kleinen Ritz in der Gardine.

Roman drückte ab, aber im gleichen Augenblick spürte er eine Bewegung hinter ihm. Nichts passierte. Seine Waffe gab keinen Schuss ab. Er fuhr herum. Ein weiterer Mann stand im Dunkel des Eingangs, zielte mit einer Pistole auf sein Bein und drückte ab.

Für den Bruchteil einer Sekunde bemerkte Roman nur, dass er von der Wucht der Kugel zu Boden gerissen wurde. Seine eigene nutzlose Waffe fiel im aus der Hand. Dann explodierte ein Schmerz in seiner Wade, der sich rasend schnell über den ganzen Körper ausbreitete. Wimmernd hielt er sich das Bein, das Blut lief ihm an der Wade herunter.

„Dummer, dummer Junge." Stremberger trat hinter seinem Schreibtisch hervor. In seiner Hand hielt er eine aufgezogene Spritze. „Willst du wirklich wissen, wie dein Vater gestorben ist. Willst du wissen, was wirklich passiert ist?" Stremberger stand jetzt direkt vor ihm.

„Sieh dich um Junge, schau wer dich noch besucht."

Roman drehte seinen Kopf zur Tür, der Schmerz pochte mit jedem Herzschlag wie der Hammerschlag eines Schmiedes seinen Körper. Der Mann, der auf ihn geschossen hatte, stand jetzt direkt hinter ihm und er erkannte den Mann. „Andrej, was soll das. Andrej!"

Gerrit hatte genug gesehen. Nur ein Mann, der eine Waffe führte. Und diesen Mann kannte er von den Fahndungsplakaten. Andrej Koslow gehörte zu den gesuchtesten Mitgliedern der tschetschenischen Mafia. Geschickt lief er lautlos, um das Haus herum und versuchte sich in seinem Kopf ein Bild vom Grundriss des Hauses zu machen. Er machte sich keine Illusionen, Andrej Koslow war ein gefährlicher Mann und im Gegensatz zu ihm war Koslow bewaffnet. Auf sein Konto gingen mindestens drei Morde.

Zwei seiner Opfer hatte Koslow zu Tode gefoltert. Analytisch versuchte sein Gehirn zu berechnen, wie hoch seine Chancen standen. Aber bevor er eine Antwort hatte, stand er in der der offenen Hintertür und betrat den Wirtschaftsraum. Koslow war bewaffnet, aber er hatte das Überraschungsmoment. Koslow war ein bulliger Mann, über zwei Meter groß. Er war fast fünfzehn Zentimeter kleiner, aber er hatte zehn Jahre bei der am besten ausgebildeten Eliteeinheit dieses Landes, vielleicht sogar der ganzen Welt, gedient. Sein Körper war eine Maschine, eine Maschine, die zum Töten ausgebildet war. Aber eben auch eine Maschine, die seit drei Jahren nicht mehr im Dienst war.

Langsam schlich er voran, durch den Eingangsbereich, dann das Wohnzimmer, von wo aus sich Bad und der kurze Flur zum Schlafzimmer abgingen. Die Tür zum Bad stand offen, er schlich hinein und schnappte sich den kleinen Handspiegel, der über dem Waschbecken stand.

Als er vor dem Schlafzimmer stand, an dem sich das Arbeitszimmer anschloss, erkannte er seinen Vorteil. Er stand im Dunkeln, im Arbeitszimmer war eine Lampe eingeschaltet, dort war es hell. Das Schlafzimmer war mit Teppich ausgelegt, hier würde er sich lautlos bewegen können. Er legte sich auf den Boden. Vorsichtig begann er über den Teppichboden im Schlafzimmer zu robben, möglichst ohne ein Geräusch zu machen. Zentimeter um Zentimeter schob er sich voran und war froh, in diesem Moment nur die eng anliegende Joggingkleidung zu tragen.

Das Entsetzen stand Roman ins Gesicht geschrieben. Andrej stand über ihm. Zielte mit einer Pistole auf sein anderes Bein. Er wusste, dass sein Leben hier und jetzt vorbei war.

„Du." Roman keuchte. „Du hast die Briefe geschrieben, sie waren nicht von meinem Vater."

Stremberger lachte auf. „Was denkst du denn, wann dein Vater gestorben ist. Dein Vater ist seit zweiundzwanzig Jahren tot. Aber falls dich das tröstet, er hat von seinem Tod nichts mitbekommen. Wir brauchten einfach nur seine Nieren. Die habe ich bei einer Operation entnommen, dann ist er ganz ruhig verstorben. Aber er hat der Welt einen guten Dienst erwiesen, durch seine Spende konnte ein großer politischer Führer weiterleben, allerdings haben die beiden neuen Nieren nicht seinen Diabetes geheilt. Dann habe ich erfahren, dass es einen Sohn, also dich gibt. Und zufällig hast du die gleiche Blutgruppe und dieselben Gewebewerte wie dein Vater."

Hasserfüllt blickte Roman ihn an. „Deswegen hat Andrej mich besucht und mir die Briefe übergeben." Der Angesprochene würdigte ihn nicht einmal eines Blickes. „Ja, und jetzt braucht dieser große politische Führer wieder eine neue Niere. Deswegen haben wir dir diese ganzen Briefe mit dem Geschwafel über Gesundheit und Reinheit des Körpers, über Ehre und Stolz geschrieben." Stremberger dachte kurz nach. „Nein, eigentlich haben wir dich gezüchtet, wie ein Stück Schlachtvieh. Deswegen hat Andrej dir die Briefe geschrieben. Du hast alle Spuren verwischt, die dich hierherführen. Deswegen waren die Hinweise auf mich in den Briefen enthalten. Dieser große politische Führer trifft morgen hier ein. Aber du wirst dann schon schlafen."

Roman schrie auf, weil der Schmerz wieder wie eine Feuerwelle durch seinen Körper fuhr. „Dann hat Andrej mir eine defekte Waffe gegeben." Stremberger zuckte nur bedeutungslos mit den Schultern und kniete sich neben Roman, in seiner Hand die Spritze.

Durch den kleinen Handspiegel konnte Gerrit sehen, wer auf welcher Position im Raum stand. Jetzt hatte er genug gehört. Stremberger interessierte ihn nicht, der war kein Gegner. Also musste er nur Koslow ausschalten und der stand mit dem Rücken zu ihm, Stremberger hatte sich mit der Spritze in der Hand hinunter zu Roman gebeugt und konzentrierte sich auf den Punkt, wo er die Spritze setzen konnte. Gerrit stand jetzt neben der Tür zum Arbeitszimmer. Sein ganzer Körper glich in seiner Anspannung einem Panther, bereit zum Springen. Dann nahm er zwei große Schritte und sprang. Seine Füße trafen genau in die Kniekehlen von Koslow, der völlig überrascht nach vorne fiel. Ein Schuss fiel. Gerrit riss sich wieder hoch. Bevor Koslow reagieren konnte, traf Gerrit ihn mit einem Fußtritt am Handgelenk. Eine Abfolge von harten Schlägen seiner Fäuste traf auf das Gesicht. Ein Knacken verriet ihm, dass er die Nase getroffen hatte. Die Waffe fiel zu Boden und Koslow sackte zusammen.

Die leisen Sirenen der anrückenden Polizeiwagen wurden schnell lauter, aber Gerrits Sinne waren noch immer auf Koslow gerichtet. Stremberger rappelte sich auf, aber als er fliehen wollte, traf ihn ein ohrenbetäubender Schuss. Roman hielt die Glock von Koslow in seiner Hand. An Strembergers Thorax bildete sich eine hässliche rote Lache unter seiner Kleidung.

Dann sah Gerrit es. Langsam bewegte Roman die Waffe von Stremberger, der zu Boden gegangen war, weg. Er hielt sich die Waffe an seine linke Seite und drückte ab. Schmerzerfüllt heulte Roman auf, dann schoss er sich noch einmal in die rechte Seite. „Meine Nieren bekommt ihr nicht.“ Es war mehr ein tierisches Schreien, als gesprochene Worte. Mit letzter Kraft hob Roman seinen Arm, öffnete seinen Mund und drückte ab. Er war augenblicklich tot.

Kapitel 7

Gerrit saß in eine Decke gehüllt zwischen Anike und Mattis auf der Bank der Veranda. Der Bruder von Anike war verspätet angekommen, stand kreidebleich vor Ihnen und sagte kein Wort. Anike hat einen Arm um ihn gelegt und drückte ihren Kopf an seine Schulter. Mattis war nicht aufgebracht, er war sauer. Stocksauer. „Was ist das für ein riesen Bockmist. Warum wurden meine Kollegen zurückgepfiffen, warum kam da ein Anruf aus dem BKA in Berlin, das man nicht einmal deine Daten ins Protokoll aufnehmen durfte. Was verheimlichst du mir? Warum unterliegst du immer noch irgendeiner Dienststufe, die so geheim ist, dass mein Chef aus Korbach blass geworden ist, obwohl wir heute einen der meist gesuchten Verbrecher in Deutschland verhaften konnten. Seit wann hast du … hast du solche Geheimnisse vor mir? Wir sind zusammen durch die Hölle gegangen. Es gab ein Versprechen. Erinnere dich."

Gerrit dreht sich zu seinem Rottenbruder um, stand auf und nahm seinen schlichten schwarzen Motorradhelm auf. „Das Versprechen habe ich nicht gebrochen. Und ich gebe dir noch ein Versprechen. Ich werde ein guter Patenonkel sein, mich um euch kümmern, aber du weißt, wie das läuft."

Gerrit setzte seinen Helm auf und startete die Hayabusa. Morgen hatte er seinen ersten Tag auf dem Präsidium in Soltau in der Lüneburger Heide. Morgen würde er seinen Vater wieder treffe.

Autorin
Morag McAdams

Mein Name ist Morag McAdams, ich bin in Heidelberg geboren und lebe mittlerweile seit vielen Jahren mit meiner Familie in Korbach.

Bisher sind mehrere Romane im Bereich Romance und Romantasy von mir erschienen, zuletzt der Roman "Gezeitenwende mit Dir", der an der schottischen Küste spielt. Das Jugendbuch "Grüneres Gras" ist dagegen ein Spannungsroman, dessen Handlung am Edersee in Nordhessen stattfindet.

Genie

Von Morag McAdams

Die Fliege zappelte hektisch im Netz der Spinne und mit einer Faszination, die ihr selbst ungesund vorkam, beobachtete Ginny das Tier, das sich mehr und mehr in seiner Falle verhedderte.
„Interessant, nicht wahr?“ Falks Stimme war ganz nah an ihrem Ohr. „Ich hätte gedacht, das Gezappel würde aufhören, sobald das Viech merkt, dass jede Anstrengung umsonst ist.“ Die Haare in Ginnys Nacken stellten sich auf und ein Kribbeln raste über ihre Wirbelsäule. *Krank*, dachte sie. *Wie kann ich das nur genießen?*

Mühsam riss sie den Blick von dem Tier und betrachtete bekümmert die Stelle am Handgelenk, wo die Stricke die Haut aufgeschürft hatten. Das hätte ihr nicht passieren dürfen. Dabei hatte der Tag so schön begonnen…

Mit viel Schwung öffnete Ginny die Haustür.

„Da bist du ja!“

Falk hob die Brötchentüte hoch.

„Ich war noch beim Bäcker.“

„Großartig!“ Sie drückte ihm einen schnellen Kuss auf den Mund. Noch immer fragte sie sich, womit sie diesen Mann verdient hatte.

Nach mehreren gemeinsamen Monaten war alles noch neu und aufregend, und Schmetterlinge stoben in ihrem Bauch auf, als Ginny an ihre Pläne für den Tag dachte. Sie hatten frei, die Touristenmassen am See waren größtenteils verschwunden und sie hatten ihre kleine Landzunge beinahe ganz für sich.

„Ich muss nur noch schnell die Wäsche aufhängen. Hast du so viel Geduld?“

Falk zog einen Mundwinkel nach hinten, so dass es aussah wie ein schiefes Grinsen. Ginny hatte noch nicht herausgefunden, ob er wirklich fröhlich aussehen wollte, oder ob er so Missfallen ausdrückte. Mit seinen Emotionen war er geizig. Doch Ginny mochte das Gefühl, nicht alles über ihren Partner zu wissen. Das hielt die Beziehung frisch, fand sie.

„Beeil dich.“ Seine Stimme klang ernst, also war sein schiefes Grinsen wohl keine gute Miene. „Ich habe Hunger.“ Dabei ließ er seinen Blick an ihr herabgleiten und Ginny wurde rot.

„Ja“, krächzte sie. „Ich brauche nicht lange.“

Obwohl bereits September war, schien die Sonne warm und kräftig von einem blassblauen Himmel. Ginny schwitzte, als sie mit ihrer Arbeit fertig war.

„Habe ich noch Zeit, mich umzuziehen?“ Prüfend neigte sie die Nase in Richtung ihrer Achsel und verzog das Gesicht. „Ich glaube, ich brauche ein frisches Shirt.“

Falk runzelte die Stirn.

„Nein“, brummte er. Er umarmte sie von hinten und vergrub sein Gesicht in ihrer Halsbeuge. Ginny lief ein Schauer über den Rücken.

„Du kannst es später ausziehen.“

Ein atemloses Lachen entwich ihr.

„Ist das eine Drohung oder ein Versprechen?“ Falk antwortete nicht, sondern ließ sie abrupt los.

„Komm jetzt endlich."

Ginny zuckte mit den Schultern, dann griff sie nach ihrem Schlüsselbund, setzte ihren Strohhut auf und folgte ihrem Freund aus dem Haus.

„Wo gehen wir hin?"

„Das ist ein Geheimnis. Ich will dir etwas zeigen." Ginny schmunzelte. Ein Geheimnis, das sie in ihrem kleinen Reich noch nicht entdeckt hatte, musste erst noch geschaffen werden. Falk führte sie am Campingplatz vorbei, der noch vor wenigen Tagen beinahe aus allen Nähten geplatzt war. Nun war es ruhiger. Nur ein paar Dauercamper hielten sich noch dort auf. Irgendwo bellte ein Hund und Ginnys Hand verkrampfte sich um Falks Finger.

„Angst?" Stumm nickte sie. Hunde jagten ihr einen Schrecken ein, selbst die ganz kleinen.

„Keine Sorge, keiner von denen wird dich finden. Du bist ja bei mir."

Nur langsam löste sich Ginnys Anspannung und wich der Vorfreude, als Falk in den kleinen Waldweg abbog. Sie bekam eine Ahnung, wohin er sie führte. Die Stille des Waldes schien sie zu verschlucken. Nur ein Eichelhäher begleitete mit seinem Kreischen ihren Weg. Ginny konnte seinen braunen Körper mit den markant gefärbten Flügelfedern im Geäst der Bäume sehen. Seine Warnung war deutlich: „Versteckt euch! Lauft! Eindringlinge!"

Nur das Wort „Eindringling" zu denken, sandte einen Schauer über ihren Rücken und sie grinste Falk von der Seite her an. In ihrem Kopf bekam das Wort eine ganz andere Bedeutung und in ihrem Bauch sammelte sich Hitze. Auf den letzten Metern hatte sie begriffen, wohin er sie bringen wollte und Ungeduld und Vorfreude ließen sie schneller laufen. Falk griff nach ihrer Hand, um sie zu bremsen. „Hast du es eilig?“ In seinen Augen nistete ein Lächeln, obwohl sein Gesicht sonst starr blieb. Doch Ginny ließ sich davon nicht beeindrucken. Sie wusste genau, was sie später tun würde, damit seine Maske fiele. Sie hoffte nur, dass ihre Vermutung stimmte.

„Ich habe heute noch viel vor“, entgegnete sie und lachte, als er die Stirn runzelte.

„Ich dachte, du hättest heute nur Zeit für mich?“

„Natürlich. Ich bin heute nur noch für dich da.“ Die Falten auf seiner Stirn glätteten sich, doch der starre Zug um seinen Mund blieb. „Gut.“

Innerlich schüttelte Ginny den Kopf. Warum hatte sie sich nur diesen unzugänglichen Mann ausgesucht? Jedes Wort legte er auf die Goldwaage, jede Bewegung wollte er gerechtfertigt haben. Manchmal war seine Kontrollwut nicht zu bremsen.

Er sagte, wo es langging, und er bestand darauf, seinen Willen zu bekommen. Und trotzdem reichte ein Blick von ihm und sie wurde zu Butter in seinen Händen, warm und weich und formbar, und sie genoss jeden Augenblick davon. Auch jetzt zügelte sie sich, machte kleinere Schritte und ließ ihn den Weg bestimmen. Immer tiefer führte der weiche Pfad sie in die Dunkelheit und die Kühle des Waldes kroch Ginnys Arme entlang. Doch schon kam das Ziel in Sicht, das Ginny herbeigesehnt hatte. Sie spielte mit, um Falks gute Laune nicht zu verderben.

„Was ist das?“

„Komm!“ Nun zog er sie an ihrer Hand vorwärts, bis sie direkt vor dem einzigen Fenster standen. Die Hütte hätte in jedem Garten stehen können, das Holz war dunkelbraun gestrichen und das Sprossenfenster beinahe sauber. Ginny wusste, was Falk sah, wenn er hindurchblickte.

„Ist das nicht genial? Schade, dass wir nicht hineingehen können.“

Er drückte sie mit seinem Körper gegen die Wand und Ginny zitterte plötzlich. Er war viel stärker als sie. Die Bretter der Hütte drückten in ihren Rücken und sie hatte das Gefühl, zwischen Falk und der Wand zu verschwinden. Mit Mühe zwängte sie sich aus ihrem Gefängnis, das er geschaffen hatte.

„Ginny! Bleib!“ Doch sie war ihm entwischt und huschte zur Tür. Erfolglos rüttelte sie daran.

„Abgeschlossen“, erklärte Falk, als hätte sie das nicht selbst bemerkt. Ihre Finger zitterten vor Aufregung, als sie prüfend den Rand des Türrahmens abtastete. Klirrend fiel der Schlüssel zu Boden und Falk klaubte ihn auf.

„Woher wusstest du das?“

Ginny antwortete nicht. Sie wollte ihm die Überraschung nicht verderben.

Zögernd betrat sie hinter ihm den Raum. Eine einzelne Glühbirne hing von der Decke und sie zog an der Schnur, um die Hütte zu beleuchten.

Strom gab es hier nicht, aber die Batterie der Lampe war voll. Staunend gingen sie an der hinteren Wand entlang. Es gab einen Stuhl, eine Pritsche und an den Haken hingen Lederriemen in verschiedenen Längen, Handfesseln, Seile und

Peitschen. Lust verdrängte die Aufregung in Ginnys Bauch und sie tastete nach Falks Hand. Sie hatte eine Ahnung, was nun geschehen könnte, und sie war bereit. Sie schmolz in seine Arme.

„Wem gehört das wohl?“ Es war eine Frage, die keine Antwort bekam. Die Umarmung wurde fester, zu eng, zu nah. Sein Griff war hart. Ginny schwirrte der Kopf. Sie drückte Falk weg. War sie wirklich bereit? Die Gefahr lauerte in den dunklen Ecken der Hütte, die näherzukommen schienen. Falks Gesicht war noch immer eine Maske und Ginny stockte der Atem.

„Lauf!“

Einen Moment lang blieb sie unentschlossen stehen, dann rannte sie aus der Hütte. Der Wald, dessen Stille sie zuvor noch genossen hatte, war plötzlich laut und bedrohlich. Der Wind fuhr durch die Bäume und die Stämme knarzten unter der Last der Bewegung. Überall schien es zu rascheln. Wo war Falk? Konnte er sie sehen?

Ginny huschte geduckt von Baum zu Baum. Ihr hellblaues T-Shirt musste von weit her zu sehen sein. Warum hatte er nicht zugelassen, dass sie sich umzog?

„Ginny!“

Ihr Herz klopfte bis zum Hals und sie hockte sich hinter die Wurzel eines umgestürzten Baumes.

„Warum tust du das?“

Die Bäume warfen seine Stimme zurück und Ginny konnte nicht erkennen, von wo er sie rief. Ein nahes Rascheln ließ sie auffahren und sie rannte weiter. Immer tiefer in den Wald ging es, fort von der Hütte und den Geräten, die dort an der Wand hingen. Fort von Falk. Oder hin zu Falk? Sie konnte es nicht sagen.

„Ginny, wo bist du? Du hast deinen Hut verloren!"

„Scheiße", flüsterte sie. Jetzt konnte er ahnen, wo sie war. Doch dann setzte ihr Verstand ein. Sie war von der Hütte weggelaufen. Der Hut musste irgendwo auf dem Weg geblieben sein. Also dachte Falk sicher, dass sie immer weiter rannte, in Richtung Dorf oder in Richtung Campingplatz. Wenn sie jetzt also einen Haken schlug und zurückkehrte, könnte sie in seinen Rücken gelangen.

Ginny atmete tief durch. Kurz dachte sie darüber nach, ihr Oberteil auszuziehen. Doch ihre helle Haut würde im Halbdunkel des Waldes ebenso hervorstechen wie das Blau ihres T-Shirts. Ein Rascheln ließ sie herumfahren, doch es war nur ein Vogel, der seinen Platz auf einem Ast verlassen hatte. Ginny zwang sich zu langsamen Schritten. Falk durfte sie nicht sehen und nicht hören. Vorsichtig begann sie ihren Bogen zurück zur Hütte. Sie könnte die Tür abschließen, wenn sie dort war. Der Schlüssel steckte vermutlich noch. Falk hatte ihn in seiner Eile sicher nicht mitgenommen. Wann hatte ihr Ausflug sich so verändert? Sie hatte einen Spaziergang in den Wald erwartet. Stattdessen schlich sie nun allein zwischen den Bäumen umher und hoffte, dass Falk sie nicht sah. Hatte sie ihn so falsch eingeschätzt? Was hatte er vorgehabt? In den letzten Minuten schien er unsichtbar geworden zu sein.

„Jagd", schoss es ihr durch den Kopf. Der Jäger schlich sich auch an sein Ziel heran. Oder er wartete in seinem Versteck, bis es ihm vor die Flinte lief. Was tat Falk? Ginny musste das

Risiko eingehen. Über Moos und morsche Stämme tastete sie sich in Richtung der Hütte, die ihr Sicherheit versprach. Dort würde sie niemand entdecken, und niemand würde an sie herankommen. Ihre Atmung ging stoßweise und sie versuchte, sich zu beruhigen. Falk durfte sie nicht hören. Er musste in dem Glauben bleiben, dass sie auf dem Weg nach Hause war. Ihr fiel auf, dass sie ihn nicht mehr rufen hörte. Was tat er? Wo war er? Hatte er sich auf die Lauer gelegt? Doch was wollte er tun? Er hatte schließlich keine Waffe. Sie musste nur vor ihm an der Hütte sein.

Ginnys Herz klopfte bis zum Hals, als sie Falk vor sich sah. Er hatte sich hinter eine Kiefer geduckt und spähte auf den Weg, den sie am Anfang gekommen waren. Trotz der Gefahr spürte Ginny das vertraute Ziehen in ihrem Bauch, als sie ihren Freund ansah. Sein grünes Shirt spannte leicht über seinen breiten Schultern und in seinen dunklen Haaren hatte sie bereits ihre Finger vergraben. Sie wusste genau, wie der Schweiß schmeckte, der ihm auch jetzt im Nacken stand. Was war nur falsch mit ihr? Sie konnte doch in ihrer Situation nicht darüber nachdenken, was sie an ihm mochte! Sie musste sich konzentrieren. Ihr Ziel war so nah!

Eine Windbö ließ sie Nadelbäume rauschen und Ginny nutzte die Geräusche, um vorwärts zu huschen.

„Ginny!“, rief Falk und sie blieb wie angewurzelt stehen. Doch er sah noch immer in die andere Richtung und hatte sie nicht gehört. „Nur weiter“, dachte sie. „Gleich hast du es geschafft!“

In der Stille des Waldes klang das Knacken des Zweiges unter ihrem Fuß wie ein Schuss. Falk fuhr herum.

„Ginny!“
Der Sommerhut, den er aufgehoben hatte, fiel zu Boden, als der Griff um das Seil fester wurde.
„Keine Gegenwehr“, dachte Ginny und kämpfte gegen die Verzweiflung.
„Halt bloß still. Dann geht es schneller.“ Endlich erschien eine Emotion auf Falks Gesicht. Doch so hatte Ginny sich das nicht vorgestellt. Wut und Angst und Gier. Das hatte sie nicht gewollt. Sie holte zitternd Luft.
„Ich will nichts hören. Keinen Ton.“
„Warum tust du das?“ Die Frage schwebte zwischen ihnen wie Nebel. Ginny presste die Lippen aufeinander. „Komm jetzt.“ Ein Ruck ging durch ihren Körper und sie stolperte über den unebenen Boden. Das Seil war rau und unnachgiebig. Doch bevor sie zu Boden ging, fand sie wieder festen Halt. Mühsam richtete sie sich auf.

Ginny schwieg. Die Hütte hatte Sicherheit versprochen, doch das war eine Täuschung gewesen. Sie wusste genau, was sich im Inneren befand. Und ihr Freund wusste es offensichtlich auch.
„Rein da.“ Die Tür zur Hütte öffnete sich mit einem leisen Quietschen. Sie hatte Recht gehabt. Falk hatte den Schlüssel stecken lassen. Ihr Blick fiel auf die Peitschen, Paddel und Lederriemen an den Wänden. Welches würde er wohl aussuchen? Sein Blick verriet nichts und Ginny begann erneut zu zittern. Das Reißen des Klebebandes tat in ihren Ohren weh. Schließlich ließ sich Falk auf den Holzstuhl fallen und beobachtete sie. Noch immer stand sie in der Mitte des einzigen

Raumes der Hütte. Der Wind rauschte durch die Bäume und der Eichelhäher schrie ein letztes Mal.

Die Tür der Hütte schlug durch den Luftzug zu. Das Krachen hallte in der Stille des Ortes wider. Ginny zuckte zusammen. Ihre rasenden Gedanken kamen zu einem plötzlichen Halt.

„Ups." Sie grinste ein wenig verlegen und drehte sich zu Falk um. Er lächelte nicht zurück. Das Klebeband über seinem Mund ließ das nicht zu. Doch in seinen Augen stand noch immer die Angst. Ginny tauschte mit geübtem Griff das Seil gegen ein Paar Riemen. Dann warf sie einen letzten Blick auf das Spinnennetz. Die Fliege zappelte nicht mehr. „Keine Sorge", erklärte sie Falk. „Sie werden dich nicht finden. Du bist ja bei mir."

Autorin
Claudia Rose

Mein Name ist Claudia Rose, geboren 1964 in Korbach. Ich bin verheiratet, habe zwei große Jungs und liebe Pippi Langstrumpf.
Das „Hollenkind“ ist meine erste Veröffentlichung, also etwas Besonderes.
Mein Vater war ein Geschichtenerzähler, ich schreibe. Die erlebte Vielfalt in der Förder- und Grundschule, der Großfamilie und viele Begegnungen sind der Schatz meiner Fantasie.
Meine derzeitige „Schreiberei“ ist ein Roman über vererbte Angst.

Hollenkind

Von Claudia Rose

Prolog

Nichts war hier so
alles war genauso – irgendwo

Gedenkstein

Am 1. April 1936
wurde an dieser Stelle in Berndorf
die 23-jährige Luise Stracke
heimtückisch ermordet.

Luise Stracke verließ an diesem Morgen gegen 8:30 Uhr ihr Elternhaus. Als sie gegen Abend nicht zurückgekehrt war, gingen Luises Bruder sowie einige junge Leute aus dem Ort auf die Suche. Man fand Luises Leiche im Wald mit Laub bedeckt. Ihr Körper wies schwere Kopf- und Stichverletzungen auf.

Am elften desselben Monats wurde in Schwerin (Mecklenburg) der arbeitslose Melker Hermann Fischer aus Banzkow (Mecklenburg) festgenommen. Dieser war erst wenige Tage vor der grauenvollen Tat wegen eines Sittlichkeitsvergehens nach dreijähriger Arrestzeit entlassen worden. Auf der Suche nach Arbeit traf er auf Luise Stracke. Er bedrängte die junge Frau und ermordete sie auf grausamste Weise.

Hermann Fischer wurde in Kassel wegen des Mordes an Luise Stracke zum Tode verurteilt. Am 30. September **1936** wurde er in Kassel am Galgen hingerichtet.

Zum Gedenken an Luise Stracke, als Ermahnung an diese grauenvolle Tat, erinnert der hier aufgestellte Gedenkstein.

Winzlinge

Frieda Fuchs stellt eine Kerze ins Fenster. In dieser Nacht im Dezember **1912** ist es bitterkalt, Eisblumen bemalen die Scheiben und der Schnee liegt meterhoch. Die Hebamme hat gerade geholfen ein kleines Mädchen zur Welt zu bringen. Eine schnelle, unkomplizierte Geburt. Der Winzling liegt in ihrem Arm. Frieda Fuchs hat schon viele Kinder in die Welt geholt und sie weiß sofort: „Irgendetwas ist anders mit dieser Kleinen. Sie liegt zu ruhig in meinem Arm, ihre Muskeln sind schlaff und das Köpfchen zu klein." Sie behält es für sich, denn die Kleine atmet regelmäßig, ihr Herzchen pocht, wie es pochen soll, und auch ihre Hautfarbe zeigt sich rosig gesund.

Dieses kleine Mädchen ist noch nicht der ersehnte Erbe für den großen Gutshof Stracke und Helene Stracke, geb. von Glaubitz, die Mutter des Winzlings, hat mit der Geburt einer Tochter die an sie gestellte Erwartung noch nicht erfüllt. Sie hat ihren makellosen Stammbaum mit in diese Ehe gebracht und mit diesem kleinen „von" den finanziellen Ruin ihrer Familie verhindert. Anton Stracke, der Gutsherr, hat sich das etwas kosten lassen und irrtümlicherweise gehofft, dass er dieses kleine „von" auch vor seinem Namen tragen kann. Die junge Mutter dreht sich erschöpft zur Seite, als ihr die Hebamme den Winzling in den Arm legen möchte. „Später", sagt sie schwach und Frieda Fuchs legt das kleine Mädchen in seine Wiege.

Auf dem Nachhauseweg denkt sie nach: „Dieser Hof ist nicht der Ort, wo die junge Gutsherrin hingehört. Ihr Mann betrinkt sich gerade im Gasthaus und feiert schon den Erben". Es schneit noch immer, ein schneidender Wind erschwert ihren Weg, aber sie zittert nicht vor Kälte: Es ist die Angst, die Vorahnung. In der Wiege liegt ein Mädchen, ein behindertes Mädchen und im Bett eine verängstigte Mutter. Frieda Fuchs kann die beiden nicht beschützen.

„Jette", ruft die Gutsherrin die Magd, die schon seit ihrer Kindheit auf dem Gutshof Stracke lebt. „Jette, nimm den Winzling mit, ich brauche Ruhe!" Ungeschickt, vorsichtig und liebevoll hebt Henriette, die Jette, den Winzling aus der Wiege, trägt ihn summend aus dem Zimmer und bemerkt die ausgepustete Kerze im Fenster. Sie betrachtet das Neugeborene in ihrem Arm und streichelt die knubbeligen Händchen. „Na, du kleine Süße!", sagt Jette. Sie spricht langsam und einige ihrer Laute kann man nicht deutlich verstehen, aber ihre Stimme klingt kindlich warm und sie mag die Kleine in ihrem Arm. Sie hat die gleichen, leicht schrägen, mandelförmigen Augen wie Jette und als die Kleine ihren Mund leicht öffnet, sieht Jette die etwas zu große Zunge in dem Mündchen.
„Wie ich", denkt sie, „ein Hollenkind".

In dieser Nacht wird im selben Ort noch ein Winzling geboren, auch ein Mädchen. In der Nähe des Steinbruchs, in einem kleinen Häuschen im Hollenholz. Viele Stunden liegt Hilde Lorenz, die Frau eines Tagelöhners, in den Wehen. Es ist ihre erste Geburt und es geht nicht voran. „Frieda Fuchs ist bei den Gutsleuten, sie wird nicht kommen", sagt ihr Mann verzweifelt. Als dann die Kleine endlich in den Armen ihrer Mutter liegt, ist ihr Körper ganz blau. Vorsichtig wird die zerbrechliche Kleine in einen Wickelbund gewickelt und dabei mit liebevollen Blicken ihrer Eltern betrachtet. „Sie wird doch nicht sterben?“, denkt Hilde sorgenvoll. Sie beten viel in dieser Nacht und eine Kerze brennt im Fenster. Die Eltern wechseln sich ab im Kerzenschein und wärmen das Mädchen bis die blaue Farbe aus ihrem Gesicht verschwindet. Ein Luftzug pustet die Kerze aus, als alle schlafen.

Eltern

Der Neuschnee verdeckt alle Spuren der letzten Nacht. Die Hebamme Frieda Fuchs ist sich bewusst, dass in dieser Nacht ein Hollenkind geboren wurde. Sie macht sich schweren Herzens auf den Weg zuerst zu der einen, dann zu der anderen Wöchnerin. Hilde Lorenz sitzt auf der schmalen Ofenbank, ihr sonst so ordentlich geflochtener Zopf hat sich aufgelöst. Mit einem verzweifelten Blick schaut sie die Hebamme an und sagt kraftlos und kaum hörbar: „Wer hat die Kerze ausgepustet? Das ist nicht unsere Tochter! Wo ist meine Tochter?“ Frieda schaut in das kleine Gesicht des Winzlings, versteht sofort und schweigt. „Du musst dich beruhigen, Hilde. Du bist noch so schwach. Lass mich dich erstmal untersuchen.“

„Wir haben sie gestern Abend so lange betrachtet und im Arm gehalten, bis ihr blaues Gesicht rosa geleuchtet hat. Dieser Winzling hier ist nicht unser Kind, glaub mir, Frieda.“

Helene Stracke sitzt gut frisiert und sichtlich erholt in ihrem Bett, als die Hebamme ihr Zimmer betritt.

„Ist sie nicht hübsch, meine Tochter?“, bemerkt die junge Mutter versöhnt mit dem Gedanken ein Mädchen geboren zu haben. „Mein Mann findet das auch“, sagt sie erleichtert mit einem Zwinkern im rechten Auge. Unbekümmert plaudert sie weiter: „Wir brauchen eine Amme zum Stillen, Sie könnten doch die Hilde Lorenz fragen. Sie hat doch auch gestern Nacht entbunden?“

„Ja“, antwortet die Hebamme still, denn ihre Gedanken bekommt sie nicht geordnet. „Die beiden Kinder wurden eindeutig vertauscht, aber wer? Aber wie?“, fragt sie sich. Sie weiß, dass Anton Stracke, der Gutsherr, alles für sein Ansehen und seine Stellung im Dorf opfert. Das “Das macht man so!“ gilt immer; für Familie, Fürst, Kaiser und Vaterland. Doch der Schutz seiner Ehre und die seiner Familie steht über seinen Prinzipien. „Aber, würde er die Kinder vertauschen?“, überlegt sie und schaut dabei auf das Hochzeitsbild der Gutsleute auf dem Nachttisch.

An diesem Morgen sitzt der Gutsherr rauchend an seinem Schreibtisch und bietet Frieda Fuchs ein Gläschen Wein an. „Auf meine Tochter Luise“, prostet er überschwänglich der Hebamme zu. Die Hebamme nippt am Wein, gratuliert zur gesunden Tochter und wartet. Beide schauen sich länger schweigend in die Augen, als der Gutsherr dann weiter seinen Wein goutiert, sagt Frieda: „Ich muss gehen und Hilde Lorenz fragen, ob sie als Amme ihre Luise stillt.“ Beider Hoffnung, die Wahrheit in den Augen des anderen lesen zu können, wird nicht erfüllt.

So machen an diesem Wintermorgen im Dorf zwei Nachrichten im Tiefschnee die Runde. „Der Anton Stracke hat noch keinen Erben“ und „Lorenz` Winzling am Hollenholz ist ein Wechselbalg“. Die Spekulationen, wie und ob die Winzlinge verwechselt wurden, sind im Unterton weder mit der einen noch mit der anderen Familie mitfühlend.

Gendarm Beck von der Dienststelle in Korbach schließt am **10.12.1912** mit einem mulmigen Gefühl und der Ahnung etwas Falsches zu tun die Akte über die von der Familie angezeigten Entführung.

Er protokolliert in seinem Abschlussbericht:

Der Tatvorwurf von den Eheleuten Lorenz, ihre Tochter sei in der Geburtsnacht vom sechsten auf den siebten Dezember **1912** entführt und auf den Gutshof von Anton Stracke gebracht worden, ist haltlos. Auch die Behauptung, dass das andere Kind, ein mongoloides Mädchen, auch geboren am **06.12.1912**, in das Körbchen im Haus am Hollenholz gelegt worden ist, ist nicht zu beweisen. Eine Anklage wird nicht erhoben.

Die Beschuldigten, die Gutsleute Anton Stracke und Helene Stracke, geb. von Glaubitz, bestreiten die Tat und haben ein glaubhaftes Alibi für die Tatzeit.

Die Zeugen, die Hebamme Frieda Fuchs, die das Kind der Eheleute Stracke auf die Welt geholt hat, und die Magd des Gutshofes, Henriette "Jette" Albrecht, die das Kind und den Kindsvater an diesem Abend gesehen hat, bezeugen eidesstattlich und übereinstimmend, dass keine Vertauschung stattgefunden hat.

Luise Stracke verbleibt bei ihren Eltern Anton und Emma Stracke, das noch namenlose mongoloide Mädchen wird von seinen Eltern, der Tagelöhner Familie Lorenz, aufgezogen.

Gez. Beck Gendarmerie Korbach

Hilde Lorenz blickt in den Spiegel, bürstet ihr langes, dunkles Haar und frisiert es mit ihren geschickten Händen zu einem strengen Knoten im Nacken. Ihre Gedanken sind bei ihrer kleinen Tochter. Den Schmerz, den sie tief in ihrem Inneren fühlt, erkennt sie in ihrem Spiegelbild. Sie richtet sich auf, nimmt energisch die Schultern nach hinten und denkt nach: „Als Amme kann ich ihr nah sein. Ich werde sie aufwachsen sehen. Luise! Ein schöner Name." Greta, so nennt sie das in ihre Obhut gegebene Mädchen, findet einen Platz in ihrem Herzen. Sie stillt die unterschiedlichen Bedürfnisse beider Winzlinge und hat genug Milch und Liebe für zwei. „Luise wird auf dem Gutshof Möglichkeiten haben, die wir ihr nie bieten können!", macht sie ihrem Mann Mut, der wie sie die Hoffnung verloren hat, ihre Tochter rechtmäßig zurückzubekommen.

Soldaten

Luise ist schon flink auf ihren zwei Beinchen unterwegs, als Greta noch nicht frei sitzen kann. Jeden Tag kommt Jette, die Magd vom Gutshof, im Hollenholz vorbei, wenn sie ihre schwere Arbeit im Stall und im Haus erledigt hat. Zuverlässig versorgt sie auf dem Gutshof die Hühner, Schweine und Kälbchen, besorgt Futter für die Kaninchen und dreht am Häcksler die schwere Kurbel, um die Runkeln in Futterstücke zu zerkleinern. In der Ernte ist sie den ganzen Tag auf dem Feld. Morgens ist sie die Erste, die das Feuer im Ofen schürt.

Es ist eine Sehnsucht, eine besondere Verbindung, die Jette zu dem kleinen Hollenkind Greta zieht. Sie schafft es täglich unbemerkt zu verschwinden, um der Kleinen nahe zu sein. Unermüdlich, geduldig übt sie das Sitzen, das Krabbeln und Brabbeln und dann, einige Monate später, hält sie Greta an ihren Händchen. Sie drehen Tag um Tag, Runde um Runde um den Kirschbaum. Anfang August **1914**, in den Tagen als die deutsche Reichsleitung den Krieg gegen das russische Zarenreich erklärt, lässt Greta die Händchen los und macht ihre ersten unsicheren Schritte allein im Leben. Die Welt um sie herum marschiert. Im Ort macht sich eine unheimliche, euphorische Kriegsbegeisterung breit.

Anton meldet sich noch am selben Tag beim Bataillon in Arolsen. Er ist überzeugt, der Angriff der Deutschen ist reine "Notwehr". Er muss marschieren für sein Vaterland und seinen Heldenmut beweisen. In seiner Vorstellung eines kurzen Feldzuges sitzt er Weihnachten wieder in der Dorfkirche und der Krieg ist beendet.

Die Gutsherrin ist wieder schwanger. Anton kann ihren Zustand nicht ertragen, sie nicht ansehen. Er ist ihre ständig nörgelnde Stimme so leid. Seine Wut entlädt sich in Gewalt. Er quält nicht nur das Vieh im Stall.

Frauen und Kinder stehen mit Fähnchen und Blumensträußchen am Straßenrand in der Dorfmitte und verabschieden winkend die Männer, die über Nacht zu Soldaten geworden sind. Keiner wird ohne seinen ganz persönlichen Albtraum zurückkommen. Die kleinen Mädchen Luise und Greta stehen nebeneinander und winken. Ihre Mütter können unterschiedlicher nicht sein. Helene trägt Hut mit Feder und ein in Kassel maßgeschneidertes Kleid. Es betont die Hoffnung auf einen Erben noch vor Weihnachten.

„Die Linie ist auf die Hüfte gerutscht", bewundern die zwei Schneiderinnen im Dorf den Schnitt. Sie blicken auf Hildes einziges Sonntagskleid und bemerken: „Ihres wird ihr nicht mehr lange passen!" Es ist schwarz mit einem weißen Kragen und es zeugt von einer Ahnung, dass das Kind unter ihrem Herzen seinen Vater nicht kennenlernen wird. Der Tagelöhner Lorenz wird schon im Winter **1914/1915** an einer Lungenentzündung im Schützengraben sterben, ohne sein zweites Kind je gesehen zu haben.

„Weg ist er!", sagt die 26-jährige Jette zu der eineinhalb jährigen Greta, als Anton Stracke mit seiner Kompanie nicht mehr zu sehen ist. „Du brauchst keine Angst zu haben. Weg ist er!", wiederholt sie mit ihrer verwaschenen Stimme und dreht sich mit Greta auf dem Arm vor Freude im Kreis.

Hollenjette

Jettes Kindheit hat viele Farben. Vieles, was sie erlebt und hört, müsste in dunklen Tönen gemalt werden. Doch Jette findet in der Welt um sie herum das helle Grün und das warme Orange. Sie streichelt Gras und Hecken, legt sich auf die Wiese und lässt sich von der Sonne kitzeln. In der Kirche hört sie vom lieben Herrn Jesus, von Sünde, Teufel und den Engeln, die sie beschützen und es dann doch nicht tun. Sie hört Märchen und Sagen, Klatsch und Tratsch und Familiengeschichten, wenn sie durch die offenen Türen direkt in die Häuser spaziert. Wenn Jette sie wieder verlässt, mit einem Apfel oder einem Stück Kuchen in der Hand, haben die, die dort wohnen, ein Lächeln im Gesicht. Das Lesen und das Schreiben hat sie nicht gelernt, sie kann es sich einfach nicht merken, aber ihr Gedächtnis enthält Bilder wie unzählige kleine Filme. Das für sie Bedeutsame taucht immer wieder auf. Dann ist alles da, jedes Detail wahrheitsgemäß und in Echtzeit.

1888, in dem Jahr in dem Jette wohl geboren ist, ist sie das einzige Kind im Dorf ohne eine Mutter. Ihren Namen erhält sie als Findelkind von der Polizeibehörde. Henriette Albrecht. Henriette, die nur Jette gerufen wird und niemals Frau Albrecht, lebt auf dem Gutshof Stracke. Die Gutsherrin hat das Findelkind aufgenommen und die Bediensteten im Haus haben sich um sie gekümmert wie um einen kleinen Welpen. Sie ist ein Hollenkind, das wurde ihr erzählt und das glaubt sie auch.

Zum ersten Mal hört sie die Sage von den Hollen **1896** als Achtjährige beim Erbsenkrullen in der Küche des Gutshofs.

Jette sitzt mit Anton, dem Stammhalter des Gutshofes, zwei Jahre älter als sie selbst, auf der Küchenbank und lässt ihre Beine baumeln. Anton rückt immer dichter an sie heran, um sie heimlich zu kneifen, zu ärgern oder zu verspotten. Niemand hindert ihn daran. Er ist der Erbe.

Die Köchin erzählt den Kindern gern Geschichten in der gemütlichen Küche beim Gemüse putzen. Märchen, Mystisches, Religiöses und Übersinnliches gehören zum Dorfleben wie Saat und Ernte. Ein bisschen glaubt die Köchin selbst an die Geschichten, die sie den Kindern so gern erzählt. Sie schaut zu Jette und die Geschichte von den „Hollen" kommt ihr in den Sinn.

„Man muss schon ein paar Meter nach oben klettern, um im alten Steinbruch hinter einer hohen Saalweide den kleinen Spalt im Fels zu entdecken", beginnt die Köchin zu erzählen, „Kinder können mühelos hindurch schlüpfen. Alle anderen können nur mit ihren neugierigen Augen hineinsehen ohne wirklich zu sehen. Nach ein paar Schritten durch den engen, dunklen Spalt, in dem Fledermäuse aufgeregt flattern, betritt man eine helle Höhle. Licht fällt von oben durch einen Schacht und so leuchtet sie in goldenen Farben. In Fels gehauene Nischen, eine wärmende Kochstelle und schön verzierte Möbel aus Holz machen die Höhle gemütlich. Hier wohnen sie, die Hollen. Eine listige, kleine Zwergenfamilie, menschenscheu. Nur wenige haben sie bisher gesehen."

„Wie sehen sie denn aus?", will Jette wissen.

„Naja, ein bisschen wie du! Sie sind eher klein, ihre Augen schräg in einem runden Gesicht. Mit ihren kurzen Fingern und kleinen Füßen bewegen sie sich tapsig."

„Ich beweg` mich nicht tapsig“ protestiert Jette.

„Das sind Idioten, wie Jette!“ ruft Anton und versucht Jette zu kneifen. Die Köchin erzählt einfach weiter: „Sie sind darauf bedacht die Menschen zu ärgern und zu necken. Am besten verärgert man sie nicht und lässt sie einfach in Ruhe, dann sind sie liebenswürdige Wesen.

Helmes Karl hat sie schon mal gesehen, wie sie die aufgestellten Garben umgeschmissen haben“, denkt sich die Köchin in diesem Moment aus. Jette stopft sich gerade mit ihren knuffigen Händchen die frisch gekrullten Erbsen in den Mund, als die Köchin ihre Arbeit unterbricht und mit großen, schreckensweiten Augen weitererzählt:

„Hütet euch aber vor ihnen, wenn ein kleines Menschenkind geboren wird.“ Vor Schreck kullerten die kleinen Erbsen auf den Boden. Jettes Augen wurden groß und schauten nur noch auf die Köchin.

„Sie holen sich die kleinen Menschenkinder in der Nacht und legen ihr eigenes Hollenkind dann in die Wiege. Seid wachsam, ihr jungen Mütter! Zündet im Fenster eine Kerze an und lasst sie zum Schutz nicht ausgehen. Seid gewarnt! Lasst euer Kind nie außer Acht, bis es durch die heilige Taufe geschützt ist.“

In diesem Moment versteht Jette, wer sie ist.

„Ich bin das Kind der Hollen aus dem Steinbruch. Sie haben mich vertauscht.“

Sie springt auf und läuft so schnell sie kann zum Steinbruch, um ihre Eltern zu finden. Sie ruft, sucht und wartet. Sie entdeckt keine Spur. Auch am Tag darauf nicht und am Tag darauf.

„Die sind weg“, bemerkt sie traurig. So laut, wie sie kann, schreit sie den Steinbruch an: „Ihr seid Idioten!“

Sie weiß nicht, was das bedeutet, hört es aber oft.

Schuldige

Die Niederlage des Deutschen Reiches **1918** ist für die waldeckische Dorfgemeinschaft nicht vorstellbar gewesen.

Trotz der vielen Gefallenen, Verletzten und der schrecklichen Briefe von der Front haben doch die meisten einen Sieg erwartet. Die Opfer in fast jeder Familie des Ortes sind daher für alle sinnlos. Nun soll die Generation um Anton Stracke diese Niederlage revidieren. Ihre Hoffnung liegt in der neuen nationalsozialistischen Bewegung.

1936 Braun ist die Farbe der Zeit. Anton Stracke, Ortsgruppenleiter der NSDAP, trägt beige und erwartet in Kürze die Ernennung zum Gauleiter. Der Gutsherr hat sich eingesetzt für sein Dorf. Er ist derjenige, der den Bau des Ehrenmals für die Gefallenen im Ersten Weltkrieg finanziert. Bei allen wichtigen Anlässen, wie die Einweihung des Freibads, des Sportplatzes und des Schießstands, gibt es Freibier auf seine Kosten. Dann klopft er auf Schultern und schüttelt Hände. Seine Familie steht an diesen Tagen hinter ihm. Helene seine Frau zeigt sich dort chic und elegant. Sonst verbringt sie die meiste Zeit in Kassel.

Wolfgang Stracke, der ersehnte Erbe, wächst ohne die Mutter auf. Sie fehlt ihm nicht. Er liebt den Drill bei der Hitlerjugend, und stählt seinen Körper.

„Ich bin stolz auf dich, mein Junge“, sagt der Gutsherr zu seinem Sohn, als er von einer weiteren Auszeichnung in der HJ erfährt. Seine Hand liegt lange auf der Schulter seines Sohnes und er schaut ihm in die Augen, nickt und lobt: „Gut gemacht." Das sagt er auch, als er erfährt, dass Wolfgang einen anderen Jugendlichen aus dem Nachbardorf bei einem HJ-Wettkampf halb totgeprügelt hat. „Du bist ein Sieger!", spornt er Wolfgang an.

Der Gutsherr vermisst weder seine Frau noch seine Tochter, die mit der Mutter nach Kassel gegangen ist. Es nagt an ihm, dass Luise keinen Tropfen Blut von ihm hat. Niemand darf das wissen, jetzt wo Stammbäume und Ahnenpässe immer wichtiger werden. Der Gutsherr hat Luise unterstützt und sie auf die Jacob Grimm Schule in Kassel, ein Mädchengymnasium für „Höhere Töchter", geschickt. Nicht um ihr wissbegieriges Wesen zu fördern. Sie stört die Ordnung im Dorf, sie weigert sich dem Bund deutscher Mädel beizutreten und fügt sich auch sonst nicht in die ihr zugedachte Rolle. Das ist gefährlich.

Auf dem Gutshof kann Luise aber trotz der frischen Landluft nicht mehr durchatmen. Ihr jüngerer Bruder Wolfgang macht ihr Angst. Er ist ihr unheimlich, schon immer. Den Feuerwanzen auf dem Hof unter Linde reißt er die Beinchen aus und beobachtet, wie sie zappeln. Er fängt Mäuse, sperrt sie lebendig in einen Karton und beobachtet sie täglich beim Sterben und Verwesen. Wolfgang hat keine Freunde, er verfolgt Luise heimlich und steht im Dunkeln vor ihrem Fenster und beobachtet sie beim Entkleiden.

Nachdem wieder einmal einige Kühe des Gutshofs verschwunden sind, weil Wolfgang seine Arbeit am Zaun nicht gewissenhaft erledigt hat, beschuldigt er die Hollenjette das Zauntor beim Melken nicht geschlossen zu haben.

„Du bist so erbärmlich!“, entlarvt ihn Luise. Diese Kränkung, trifft ihn tief. Ohne Reue genießt er es Jette zu demütigen, sie zu züchtigen. Drei Tage kann sie kaum laufen, aber sie sagt es niemand.

Wenn Luise ins Dorf kommt, verbringt sie die meiste Zeit bei ihrer Amme und bei Greta. Sie liebt sie wie eine Schwester. Gretas jüngerer Bruder Johannes lässt ihr Herz schneller schlagen. Als Kinder haben sie schon immer gern zusammengespielt, sie sind sich ähnlich. Die Schmetterlinge in ihrem Bauch spürt sie zum ersten Mal, bei einem Wiedersehen an einem Adventssonntag im Hollenholz vor zwei Jahren. Seitdem treffen sie sich in Kassel und später in der Jagdhütte ihres Vaters an der Zwillingsbuche. Beide sind sich sicher, es ist eine tiefe Verbindung, eine Seelenverwandtschaft, eine besondere Liebe.

Feuerwehrfest 31. März 1936

„Luise hat schon immer etwas Strahlendes. Die Welt lächelt ihr zu“, sagt die Hebamme Frieda Fuchs zu dem Gutsherrn.

Beide beobachten sie beim Tanzen in Grafs Scheune. „Sie hat etwas Elfenhaftes. Sie schwebt“, bewundert sie sie. Die jungen Männer im Dorf haben andere Fantasien. Luise fasst Greta, die wie sie in derselben eiskalten Winternacht geboren wurde, an den Händen. Sie drehen sich zur Musik im Kreis, lachen und singen. Das Hollengretchen sieht in seinem neuen roten Sommerkleid eigenartig schön aus „Der Winzling“, denkt die Hebamme und erinnert sich an den Abend der Geburt. „Wie gut, dass Greta nicht auf dem Gutshof lebt!“

„Sie wird diesen von Strelitz heiraten, noch in diesem Jahr“, teilt der Gutsherr seiner Frau Helene mit, die beide Luise beim Tanzen beobachten.

„Sie passen nicht zueinander“, widerspricht sie.

„Was passt schon?“, antwortet er.

Kommissar

01. April 1936 18:30 Uhr

Luise Strackes Leiche wird im „Tiefen Tal“ von Anton und Wolfgang Stracke sowie einigen jungen Männern aus dem Dorf gefunden. Sie wurde kaltblütig erschlagen und erstochen.

15. April 1936

„Was geschah wirklich am 01.04.1936?“, fragt sich Kommissar Beck in seiner Korbacher Amtsstube und betrachtet zum wiederholten Mal die Fotografien der toten jungen Frau.

„Luise Stracke“, murmelt Beck nachdenklich, „was hast du im Wald gemacht und wer hat dir das angetan?“ Sie haben schon einen Täter gefasst. Kommissar Beck ist der Einzige, der diesen Fall noch nicht zur Seite legen kann.

Hermann Fischer hat das perfekte Täterprofil: Ein schon verurteilter Sittlichkeitsverbrecher, arbeitslos, auf der Durchreise. Zur falschen Zeit am falschen Ort. Im Affekt triebgesteuert.

„Ich war auf dem Weg durch den Wald zwischen den Dörfern, ja, stimmt. Aber ich habe sie nicht getötet“, sagt er aus, als Kommissar Beck ihn verhört. „Ich habe einen lauten Streit gehört zwischen einer Frau und einem Mann. Ich konnte aber kein Wort verstehen, ich war zu weit weg. Dann habe ich Schreie gehört und dann war es plötzlich still“, spricht Fischer weiter.

„Warum haben sie keine Hilfe geholt oder nachgesehen, was passiert ist? Warum sind sie dann geflohen?“, fragt ihn Beck.

„Ich halte mich besser fern, mir glaubt sowieso niemand!" Fischer wird nach Kassel überführt und Beck schreibt in seinen Bericht: „Fischer hatte keine Blutspuren an seinem einzigen Mantel."

Beck schnappt sich seinen Mantel und fährt noch einmal in den kleinen Ort. Seine erste Station ist der Gutshof Stracke.

Anton Stracke ist nicht erfreut den Kommissar noch einmal zu sehen. In der Diele stehen sich beide gegenüber. Beck fragt ihn ohne Umschweife: „Wo ist Luise an ihrem Todestag hingegangen, als sie um 8.30 Uhr das Haus verlassen hat?"

Anton Stracke antwortet kurz angebunden: „Sie wollte zu Hilde Lorenz, ihrer früheren Amme. Waren das Ihre Fragen?"

„Hilde, Greta und Jette sind die letzten, die Luise lebend gesehen haben! Was hat sie danach gemacht?", überlegt Beck. Als er vor dem kleinen Haus am Hollenholz anhält, kommt Hilde Lorenz gerade aus dem Obstgarten.

„Wir haben zusammen Kuchen gegessen, Luise hat fröhlich vom Fotografieren geplaudert und natürlich mit Greta und Jette gespielt. Sie war so glücklich an diesem Tag", sagt Hilde mit Tränen in den Augen. Beck weiß nicht, dass sie ihre Tochter verloren hat.

Greta sitzt zusammengekauert vor dem Ofen auf dem Boden. Seit Luise fort ist, tut sie das täglich mehrmals.

„Ich muss mich erinnern!", erklärt sie sich. Ein Teil von ihr ist fort und sie kann ihn nicht mehr finden.

Beck spricht sie an: „Greta! Weißt du etwas von Luise?"

„Die ist verliebt und jetzt nicht mehr", antwortet sie mit ihrer Stimme, die immer etwas zögerlich klingt.

„In wen?“, fragt Beck.
„In Johannes natürlich!“
„Johannes?“, fragen Beck und Hilde gleichzeitig.
„Die haben sich geküsst, habe ich gesehen. Ehrlich.“
„Johannes ist mein Sohn. Er lebt in Marburg. Er wird Volksschullehrer“, erklärt Hilde stolz dem Kommissar. „Er hat zurzeit ständig irgendwelche obligatorischen Lehrgänge vom Nationalsozialistischen Lehrerbund. Er ist selten zuhause.“
Hilde zieht sorgenvoll ihre Augenbrauen zusammen, sie versucht zu verstehen.
„War ihr Sohn Johannes am 01. April im Ort?“, fragt Beck.
„Nein, er kam erst am nächsten Morgen und ich hab ihm von Luises Tod erzählt. Es hat ihn sehr mitgenommen“, antwortet Hilde Lorenz langsam. Sie sieht ihren Sohn vor sich, sein Schreien, sein Weinen, seine Schläge und Tritte gegen den Kirschbaum. Davon erzählt sie nichts.

30. September 1936
Am Tag der Hinrichtung von Hermann Fischer tappt Kommissar Beck noch immer im Dunkeln. Johannes Lorenz hat zwar seinen Verdacht bestätigt, dass er sich am **01.04.1936** doch schon im Ort aufgehalten hat, er erklärt ihm aber glaubhaft:
„Ich habe mich mit Luise in der Jagdhütte getroffen. Heimlich, nicht zum ersten Mal.“ Unter Tränen spricht er weiter: „Gegen 16:00 Uhr ist sie allein nach Hause gegangen. Ich bin bis zum nächsten Morgen in der Hütte geblieben und habe dann meine Mutter besucht. Sie weiß nichts von uns.“

Er strengt sich an, nicht die Fassung zu verlieren und plötzlich bricht es aus ihm heraus. „Luise war schwanger, Kommissar.

Wir haben uns geliebt und wollten gemeinsam fortgehen. Ich hatte schon eine Stelle in Stralsund. Luise wollte fotografieren. Die Welt in Bildern festhalten“, erzählt er.

Mit zitternden Händen zeigt er Beck die Fotografien, die Luise gemacht hat. Von Jette mit Greta, eng umschlungen. Von Hilde Lorenz mit ihrem streng gescheitelten Knoten und den warmen Augen. Vater und Sohn in Uniform. Und Beck sieht Fotografien einer jungen Liebe.

„Er war es nicht“, ist Beck sich sicher. „Johannes ist bis zum nächsten Morgen in der Hütte geblieben, damit niemand Verdacht schöpft! Das ist glaubhaft“, informiert Beck seinen linientreuen Chef, der ihn tadelt: „Jetzt lass mal gut sein Beck, wir haben Wichtigeres zu tun. Fischers Hinrichtung reißt nicht die geringste Lücke. Ein unnützer Esser weniger.“

Opfer

08. Juni 1939

Mit einem blutunterlaufenen Auge und vor Schmerzen hinkend, erscheint Jette drei Jahre später völlig unerwartet bei Hauptkommissar Beck im Polizeipräsidium Kassel. Sie ist allein mit dem Zug gefahren, hat den Weg vom Hauptbahnhof zu Becks Dienststelle am Königstor gefunden und erzählt ihm nun völlig aufgelöst:

„Er hat dieses Papier ausgefüllt. Der Wolfgang. Ich bin zwecklos, hat er geschrieben. Ich habe aber doch immer gearbeitet. Immer. Und jetzt holen sie mich ab, hat der Wolfgang gesagt. Ich habe geschrien und dann hat der Wolfgang zugeschlagen. Wie immer und immer und immer. Ich muss dir was sagen, Kommissar, bevor sie mich holen. Ich war`s!"

Beck schaut Henriette Jette Albrecht mit großen Augen an. Er kann nicht verstehen, was sie meint: „Was sagst du da? Du hast Luise Stracke getötet?"

„Nein. Ich habe die Greta und die Luise vertauscht in der Nacht mit dem vielen Schnee."

Beck erinnert sich sofort an seinen ersten Fall in Korbach aus dem Jahr **1912**. Die vertauschten Kinder, Luise und Greta.

„Es wurde doch gar kein Kind vertauscht, Jette!"

„Ich sag dir jetzt die Wahrheit, bevor ich in die Anstalt muss. Tante Frieda Fuchs war doch schon weg, als der Anton nach Hause kam in der Nacht. Ich hatte Greta auf dem Arm, weil die Herrin so müde war. Sie hat das Hollenkind nicht einmal angesehen. Der Anton, er hat Greta dann von mir weggenommen und einfach in den Schnee gelegt. Vielleicht hat er gedacht die Hollen nehmen ihr Kind zurück, aber die wollten mich auch nicht zurück."

Beck lässt Jette Albrecht einfach weitererzählen, versteht nicht alles, versteht aber auch sehr viel. Er kennt die Ausführungsverordnung vom Dezember **1933**, in der aus rassenhygienischen und volkswirtschaftlichen Gründen nicht nur behinderte Menschen beim Gesundheitsamt gemeldet werden müssen. Erst vor kurzem wurde auf dem Flur im Präsidium erzählt, dass einer dieser Gemeldeten von der „Gemeinnützigen Krankentransport GmbH (Gekrat)" abgeholt wurde.

Wenn er Jettes Worte richtig verstanden hat, ist Luise Stracke eigentlich die Tochter der Familie Lorenz und Greta das Kind von Anton und Helene Stracke.

„Warum hast du sie vertauscht?", fragt Beck. Jette zeigt mit schmerzvollem Blick auf ihr Auge und Beck sieht den Kummer von 40 Jahren.

„Frieda Fuchs ist die Einzige, die das bestätigen kann", denkt er. Zu der am ganzen Körper zitternden Jette sagt er: „Frieda Fuchs! Die werde ich jetzt besuchen."

„Die ist weg, schon lange."

„Wohin?"

Jette grinst verschmitzt und antwortet: „Sie ist am Meer, Timmendorfer Strand, das hat sie nur mir gesagt. Dir darf ich es verraten", flüstert sie und legt ihren Kopf an Becks Schulter.

„Ich fahre dich jetzt nach Hause, Jette." Im Auto macht er ihr Mut: „Ich werde dir helfen." Nach einer kurzen Denkpause sagt er: „Ich werde es versuchen."

Kurz vor dem Ort hält er an, damit niemand sie zusammen sieht.

„Erzähl keinem, dass du bei mir warst“, schärft er ihr zum Abschied ein.

Hebamme

Frieda Fuchs ist einige Wochen nach Luises Tod einfach fortgezogen. Verabschiedet hat sie sich nicht.

01.07.1939

Der nahende Krieg ist schon überall in Waldeck spürbar, da nimmt sich der Kassler Hauptkommissar Urlaub und reist an die Ostsee. Beck fällt es ist nicht schwer Frieda Fuchs hier zu finden. Die alte Dorfhebamme will gefunden werden, von ihm. Die früher so stattliche Frau wirkt zerbrechlich und gezeichnet von schwerer Krankheit, als Beck sie vor der kleinen Fachwerkkate mit Reetdach auf einer Bank sitzend aufsucht.

„Sie sind hartnäckig. Ich wusste, dass Sie mich finden“, begrüßt sie den Kommissar und ergänzt schmunzelnd, „Ich habe nicht gedacht, dass Sie drei Jahre brauchen.“

„Ich habe Sie nicht gesucht! Warum sind Sie denn nicht zu mir gekommen?“

„1886 kam ich als junge Hebamme in den Ort“, beginnt sie. Beck hört zu und versteht.

„Anton Stracke war das erste Kind, das ich dort auf die Welt holte. Zwei Jahre später bekam er eine Schwester, ein Hollenkind, Jette. Offiziell eine Totgeburt. Ich verbrachte die ersten Monate mit dem Winzling hier, im Sommerhaus der Strackes, und brachte Jette dann als Findelkind zurück. Ich war damals so jung. Für mein Schweigen wurde ich gut bezahlt. Die Strackes erhielten von Amtswegen die Vormundschaft für den Winzling. Für die ersten Jahre gaben sie Jette in meine Fürsorge. Dann kam Jette auf den Gutshof, um für ihre Arbeiten dort angelernt zu werden. Für Anton, der immer noch nicht weiß, dass sie seine Schwester ist, war sie wie ein Spielzeug, mit dem er Schindluder treiben konnte. Er hat sie gequält. Er war der erste, der sie Hollenjette nannte. Dann der Schreck, 25 Jahre später. Ich hole im selben Zimmer wieder einen Winzling an das Licht der Welt, der mich mit „Jettes“ Augen ansieht.“

Für einen Moment schweigt die Hebamme und legt sich mit ihren knochigen Händen ein Tuch um die Schulter.

„Tausend Gedanken gingen mir durch den Kopf, aber ich legte das kleine Mädchen einfach in seine Wiege zurück. Die Mutter wollte die Kleine nicht sehen und ich war froh darüber und ging einfach nach Hause. Ich glaube Anton hat dann die Kinder letztlich vertauscht. Er wollte bestimmt nicht noch ein Hollenkind im Haus.“

„Da irren Sie sich, Frau Fuchs. Es war Jette, die den fast erfrorenen Säugling mitgenommen hat, um ihn zu beschützen. Anton wollte die kleine Greta erfrieren lassen und weil Jette nicht wusste, was sie mit Greta tun sollte, stapfte sie durch den Schnee zum Hollenholz.“

„Ja, klar! Jette „die Holle“ bringt ein Hollenkind zu den Lorenzes und nimmt das Menschenkind mit und legt es im Gutshof in die Wiege“, versteht die Hebamme.

„Sie rettete dadurch Gretas Leben und bewahrte sie vor Antons Misshandlungen. Aber warum haben Sie damals bei mir eine Falschaussage gemacht? Sie haben es doch gewusst?“

„Eben deshalb, weil es gut war, so wie es war. Anton Stracke glaubte, ich hätte die Kinder vertauscht. Aus Loyalität.“

Frieda holte eine Kanne Tee und beide sitzen nur still vor dem Häuschen und denken nach.

Mörder

„Für mich bleibt immer noch offen, wer Luise ermordet hat. Ist Hermann Fischer zu Recht gehängt worden? Kennen Sie die Antwort?“ Beide blicken in den Sonnenuntergang. Die Frage schwebt über dem Wasser. Es dauert eine Weile, bis Frieda sprechen kann.

„Es war Wolfgang, Wolfgang. Nicht wahrgenommen von seiner abwesenden Mutter, gestählt für den nationalen Gedanken vom Vater. Ungeliebt!“

„Aber ist das ein Motiv?“

„Nein, es ist der Weg dorthin.“

Frieda atmet schwer aus, bevor sie sagt: „Dass Luise nicht seine Schwester ist, erfuhr er von mir. Es war am Abend vor dem Feuerwehrfest. Ich habe dem Gutsherrn geraten Luise zu verheiraten, um sie zu schützen in diesen Zeiten. In diesem Gespräch habe ich erwähnt, dass nicht Luise Wolfgangs Schwester ist, sondern Greta. Wolfgang, der immer an allen Türen lauscht und heimlich herumschleicht, verstand das sofort. Am nächsten Morgen am 1. April verlässt Luise um 8:30 Uhr das Haus. Schon lange will er wissen wo, sie hingeht, wenn sie das Haus verlässt. Er folgt ihr zuerst zu Hilde Lorenz und dann in den Wald bis zur Jagdhütte an der Zwillingsbuche. Da beobachtet er sie. Johannes und Luise. Sie haben sich nicht nur geküsst und erst Stunden später verlässt sie die Hütte. Johannes bleibt.

„Woher wissen Sie das alles?“, fragt Beck sichtlich aufgewühlt.

„Ich war auf dem Gutshof, als Wolfgang dort blutüberströmt

ankam. Er weiß, wie man ungesehen ins Haus kommt! Eiskalt erzählte er seinem Vater, was passiert ist."

„Was war passiert?" fragt Beck ungeduldig.

„Luise war schwanger, von ihrem leiblichen Bruder Johannes. Das darf nicht sein! Wolfgang ist so durchdrungen von dieser braunen Ideologie von unwertem Leben. Die Schande im Dorf! Wenn jemand das erfahren würde! Unvorstellbar. Als Luise seine stotternden, aggressiven Erklärungen wieder einmal als einen lächerlichen Auftritt abtut, schlägt er zu. Wie im Rausch muss er auf sie eingeschlagen und mit dem Messer auf sie eingestochen haben."

„Und dann?", wollte Beck wissen.

„Wolfgang musste sich baden und umziehen. Sein Vater heulte dabei wie ein kleines Kind. „Reiß dich jetzt zusammen!", schrie Wolfgang ihn an, als sie mit dem Suchtrupp loszogen, um Luise zu suchen."

„Da kam dann Hermann Fischer gerade recht?"

„Ja, Leute aus dem Dorf hatten ihn gesehen, ein Fremder ist immer verdächtig. Sie fanden einen Sündenbock."

„Warum haben Sie nichts gesagt? Warum keine Aussage bei mir gemacht? Sie wussten, dass ich an Hermann Fischer als Täter zweifelte."

„Es tut gut jetzt mit Ihnen darüber reden zu können! Damals?! Ich bin ein Flüchter, ich hatte Angst. Wolfgang ist unberechenbar. Ich bin tief verstrickt in die Machenschaften dieser Familie. Ich bin schuldig, ich habe es zugelassen, dass die Kinder vertauscht wurden und nur deshalb konnte all das passieren. Jetzt bin ich schwer krank."

„Ich hätte Ihnen helfen können, Frau Fuchs! Wir hätten Wolfgang verhaftet“, behauptet Beck.

„Hättet ihr das? In dieser Zeit hängt man keinen SS-Offizier, sondern einen „Minderwertigen“.

Die Wahrheit trifft Beck in seiner Ehre.

Die Sonne steht schon tief.

„Es wird bald Krieg geben“, sagt Frieda. „Was passiert jetzt mit Jette und Greta?“

„Ihre Meldezettel habe ich verschwinden lassen. Das wird aber nicht reichen, um sie zu beschützen. Wolfgang ist wie besessen von dem Gedanken das unwerte Leben der beiden nicht mehr vor Augen haben zu müssen. Hilde Lorenz wird sie ins „Haus Waldfrieden“ in Neu-Berich bringen, sobald der Krieg beginnt. Schwester Emilie Engelmann kennen Sie doch? Sie wird die beiden verstecken, das hat sie mir versprochen.“

Es folgt ein langes Schweigen. Sie beobachten, wie die Sonne langsam am Horizont untergeht.

„Was mache ich jetzt mit diesem Wissen?“, fragt Hauptkommissar Beck. Die Hebamme atmet schwer und sagt: „Gegen das Vergessen alles aufschreiben, für später.“

EPILOG

Nichts war hier so,
alles war genau so - irgendwo

Ohne Gedenkstein

Am **27.09.1940** wurden
die 53-jährige Henriette (Jette) Albrecht
und die 29-jährige Greta Lorenz
heimtückisch ermordet.

Jette Albrecht und Greta Lorenz wurden aufgrund des Meldeerlasses des Innenministeriums vom **09.10.1939** als lebensunwertes Leben von Wolfgang Stracke an die zuständige Gesundheitsbehörde gemeldet. Im Meldebogen wurde als Diagnose Mongolismus und Schwachsinn vermerkt.

Am **20.08.1940** wurden beide von der „Gekra“ in „Haus Waldfrieden“ in Neu-Berich abgeholt. Schwester Emilie Engelmann hatte versucht sie im Wald zu verstecken. Beide starben am **27.09.1940** offiziell an einer Lungenentzündung in Hadamar.

Zum Gedenken an Jette Albrecht und Greta Lorenz.
In Ermahnung an diese grauenvolle Tat,
erinnert kein Gedenkstein.

Autor

Marius Teppe

Hallo miteinander, hier ist Marius!

Auch wenn mein berufliches Leben mir nicht ermöglicht, mich völlig meinen Leidenschaften zu widmen, schaffe ich es doch zumindest ab und an, mich an die Leinwand oder an eine neue Kurzgeschichte zu setzen. Literarisch beschäftige ich mich gerne mit Philosophen wie Friedrich Nietzsche oder Rüdiger Safranski und Autoren wie Stephen King und H.P. Lovecraft.

Mich treibt hin und wieder die Sorge um, dass meine Geschichten nichts als Kopien von Autoren sind, die ich gerne lese. Etwas, das mir immer hilft, mit dieser Sorge umzugehen, sind die Worte meines ehemaligen Deutschlehrers: „Es ist schon alles gesagt, aber noch nicht von jedem."

Und damit viel Spaß bei meinem nachfolgenden Versuch, die Zeit tot zu schlagen.

Puppenhaus

Von Marius Teppe

Kapitel 1

Tock, tock, tock, tock machte es, als der Junge die Treppe hinaufrannte und seine Hand an den Brettern des Geländers entlang streifen ließ. Oben angekommen knarrte die letzte Stufe. Dort machte er kehrt und ging die Treppe wieder runter, gefolgt von einem *tock, tock, tock, tock.*

„Maximilian! Wärst du bitte etwas leiser? Mama versucht hier zu arbeiten!", erscholl es aus einem Zimmer. Maximilian zuckte etwas zusammen und ging ins Wohnzimmer, welches etwas Entfernung zwischen ihn und Mama brachte. Er kniete sich mit dem Gesicht voran auf das große braune Ecksofa und blickte aus dem Fenster. Dort sah er das Grün des Gartens, aber keine Eichhörnchen kletterten durch den Apfelbaum, kein Nachbar war auf dem Nachbargrundstück zu sehen, nicht einmal ein kleines Lüftchen brachte etwas Bewegung in diese schöne, wenn auch etwas eintönige Szenerie. Ein tiefes Hauchen an das Fenster ließ einen mehr oder weniger kreisrunden Fleck aus kondensierter Feuchtigkeit entstehen, worin Maximilian gegen sich selbst Tik-Tak-Toe spielte - und verlor.

Er blähte seine linke Wange mit Luft auf und ließ diese schnell entweichen, was ein leises „Plopp" erzeugte. Der Fernseher blickte ihn zwar sehr verlockend an, aber schon gestern hatte er versucht, leise ein paar Cartoons zu sehen, um den Tag herumzubekommen. Doch Mama hatte das schnell bemerkt und ihm die Fernbedienung abgenommen.

„Maximal drei Stunden Fernsehen pro Tag und nicht vor vier Uhr!“, hatte sie gesagt und die Fernbedienung im obersten Fach des Wohnzimmerschranks versteckt. Unendlich weit entfernt für Kinder.

Normalerweise hätte er jetzt seine jüngere Schwester geärgert. Er hätte sie erschreckt, mit ihr Fangen gespielt, indem er ihr eines ihrer Kuscheltiere wegnahm, oder hätte versucht, an ihrem Zimmer vorbei zu schleichen, ohne dass sie es bemerkt. Aber sie war über die Ferien bei ihrer Tante Sabine. Also ging er in die Küche, um sich ein Glas Wasser einzugießen. Als er den Wasserhahn betätigte und das Rauschen des Leitungswassers zu hören war, kam es Maximilian so vor, als würde er etwas quietschen oder pfeifen hören. Er blickte aus dem Küchenfenster. Vielleicht würde der Nachbar seine Schubkarre durch den Garten fahren und das Vorderrad hatte das Quietschen erzeugt. Aber da war niemand.

Als er das Glas an die Lippen setzte und den ersten Schluck kühlen Wassers getrunken hatte, hörte er wieder dieses seltsame Geräusch. Es klang wie das Zwitschern eines Vogels aus dem Garten. Und es klang wie das Pfeifen eines Menschen. Er ging in den Flur und lauschte. Da! Schon wieder.

Jetzt wo er länger darüber nachdachte … ja … es klang, als ob ein Mensch das Zwitschern eines Gartenvogels versucht nachzumachen. Aber es klang nicht so gedämpft, wie es klingt, wenn hinter der Wohnzimmerscheibe ein Vogel zwitschert. Es klang viel klarer, als ob es von einem Raum nebenan käme. Also ging er im Haus umher und suchte den Ursprung dieses Geräusches. Nachdem er ein paar Minuten im

Erdgeschoss gesucht, aber nichts gefunden hatte, ging er die Treppe herauf und passte auf, nicht die letzte Stufe zu betreten. Er wollte nicht schon wieder Mama stören. Den Flur entlang gehend, horchte er in die verschiedenen Zimmer als … da! Schon wieder! Er musste dem Geräusch also näherkommen. Es wurde lauter. Maximilian ging ein paar Schritte weiter, da hatte er so ein seltsames Gefühl, das ihm sagte, er solle im Zimmer seiner kleinen Schwester suchen. Die Tür, vor der er nun stand, war grün und über und über bedeckt mit Aufklebern von Pferden. Manche glitzerten, andere zeigten nur den Kopf eines Pferdes und andere leuchteten sogar im Dunkeln. Letzteres ist ihm aufgefallen, als er einmal nachts auf die Toilette gehen musste. Er öffnete die Tür und das Erste, was er sah, war das große Puppenhaus, mit dem sie immer gerne gespielt hat. Von weitem sah er auch schon wie diverse Figuren in den kleinen Räumen des Puppenhauses lagen. Wie magisch zog es ihn zu diesem, wie er dachte, Mädchenspielzeug hin. Er konnte einfach nicht anders. Nach den erstbesten Puppen greifend, saß er sich an das kleine Häuschen und imitierte seine kleine Schwester, wie er sie manchmal gesehen hatte, als er sich an ihrem Zimmer vorüber geschlichen hatte. Er nahm sich eine männliche und eine weibliche Puppe, ließ sie durch einen Raum umher hüpfen und sagte dabei: „Hallo mein lieber Sohn, wie geht es dir heute?“

Und die andere Puppe antwortete: „Danke, dass du fragst, Mama. Mir geht es gut, ich hatte einen super Tag. Machst du mir was Leckeres zu essen?“

„Aber natürlich mache ich das. Aber was hast du heute denn gemacht, dass du so gut drauf bist?“

„Ach, die Schule war heute gut. In der Pause habe ich mit den anderen Jungs Fußball gespielt und wir haben gewonnen. Und später bin ich viel schneller als Lisa mit dem Fahrrad zu Hause angekommen."

In diesem Moment knarrte es im Hausflur hinter Maximilian, aber das schien er nicht zu bemerken.

„Ich habe eben einen ganz wunderbaren Jungen. Ach, hörst du das? Ich glaube Papa kommt von der Arbeit"

Maximilian legte die weibliche Puppe weg und nahm sich eine weitere männliche Puppe, die er unten zur Haustüre schweben ließ.

„Papa!" rief die kindliche Puppe, schwebte die Treppe hinunter und drückte sich an die andere Puppe.

„Hallo mein Sohn, wie schön dich zu sehen. Wollen wir nicht zusammen etwas spielen? Du hast doch diese tollen Karten neulich von Tante Sabine geschenkt bekommen. Wollen wir uns die nicht mal anschauen?"

Die Zeit muss wie im Flug vergangen sein, denn von unten hörte Maximilian den Ruf von Mama.

„Maximilian, Abendessen! Komm runter!"

Überrascht blickte er nach oben und seine Augen hatten etwas Probleme, sich zu schärfen, denn er hatte scheinbar über Stunden direkt vor dem Puppenhaus gesessen. Aber tatsächlich, als er aus dem Fenster nach draußen schaute, sah er einen sich verdunkelnden Himmel. Also stand er auf, streckte sich und rannte die Treppen hinunter, wobei er die oberste Stufe übersprang.

Papa saß schon am Esstisch in der Küche, als er hineinkam.

„Hallo Papa“, sagte Maximilian, während er sich an den Tisch setzte.

„Und dann musste ich noch ein paar Anrufe erledigen. Du glaubst nicht, was Becky heute wieder gerissen hat. Ich habe dir doch von dieser Anfrage aus dem Labor erzählt. Die, für die wir eine Auswertung machen sollen. Weißt du, wir haben schon hunderte male darüber gesprochen, dass wir uns die Mittelwerte der verschiedenen Chargen anschauen, weil wir einen Bias Vergleich zwischen den Rollen brauchen und Becky fragt allen Ernstes, ob wir nicht auch den Median nehmen könnten“, erzählte Mama, während sie einen Topf vom Herd auf den Tisch stellte.

„Ja“, erwiderte Papa.

„Was 'Ja'?“

„Ja, du hast mir davon erzählt“, sagte Papa, ohne von seinem Smartphone aufzublicken.

Maximilian räusperte sich. „Wie war denn die Arbeit heute, Papa?“

„Gut“, kam die prompte Antwort. „Reichst du mir die Bohnen bitte?“

„Hier war es heute sonst wieder ruhig wie immer. Maximilian hat heute mit Lisas Sachen in ihrem Zimmer gespielt.“, erzählte Mama. Jetzt blickte Papa Mama an, schluckte sein Essen hinunter und sagte dann etwas zögerlich: „Meinst du nicht, also ich weiß nicht. Jungs - „

„Ach papperlapapp. Jetzt stell dich nicht so an. Wir leben nicht mehr in den 50ern.“

Noch immer die Mama anblickend sagte Papa: „Ja du hast ja Recht“ und eine kleine Falte bildete sich zwischen seinen Augen.

„Maxi, na los, iss was. Du hast dein Essen ja kaum angerührt“, sagte Mama.

„Tu, was deine Mutter dir sagt!“, ergänzte Papa, ohne von seinem Smartphone aufzublicken.

Kapitel 2

Nach dem Frühstück ging Maximilian in den Garten, um zu schaukeln. Das alte, rostige Gestell hatte schon bessere Tage gesehen und bei jedem Schwung nach vorne hörte man ein leises eeeek von der Aufhängung. Eeeek, zurück, eeeek, zurück. Als er vorne am höchsten Punkt angelangt war, sprang er ab und segelte zwei Meter durch die Luft, die ihm wie der Sprung aus einem Flugzeug vorkam. Mit zitternden Knöcheln und Knien landete er im frisch gemähten Gras des Gartens. Er streifte am Gartenzaun entlang und schaute, ob der alte Nachbar zufällig zu Hause war und seine zwei Golden Retriever bespaßte. Aber der war nicht da. Sein Blick durch die Gegend streifend, mehr träumerisch als zielgerichtet, blieb am Apfelbaum hängen, in dem er im Jahr zuvor ein, wie er damals dachte, großes und herrliches Baumhaus gebaut hatte. Der Regenschirm, die Seile und die Bretter, in denen weit die Nägel herausragten, wirkten auf ihn nun wie eine Müllhalde, die falsch abgebogen ist. Als er so sein Baumhaus betrachtete, fiel ihm auf, dass hier keine Vögel waren, nicht in den Zweigen des Baums, aber auch nicht in den Büschen oder gar am Himmel. Er blies Luft in seine rechte Wange und ließ sie mit einem mal entweichen, was ein leises „Plopp“ erzeugte. Als er sich seinen halb aufgeblasenen Fußbällen widmen wollte, hört er wieder dieses seltsame Pfeifen. Wie eingefroren blieb er stehen und ließ seinen Blick träumerisch über die Fassade seines Zuhauses schweifen, bis er am Zimmer von Lisa hängen blieb. Ein kleines Lächeln huschte über seine Lippen und er machte sich auf ins Haus.

„Da bist du ja mein Sohn“, sagte die weibliche Puppe in seiner Hand, die in einem kleinen Raum schwebte, der wie eine Küche aussah.

„Was hast du denn im Garten gemacht?“

„Ach, das ist nicht so wichtig. Ich will dich doch nicht bei deiner Arbeit stören“, erwiderte die andere Puppe.

„Quatsch mit Soße! Du störst mich doch nicht. Ich will doch schließlich wissen, was mein liebster Sohn so macht und wie er sich so fühlt. Also los, erzähl. Was hast du im Garten erlebt?“

Die männliche Puppe zuckte in Maximilians Hand. „Ich wollte doch letztes Jahr mit Papa das Baumhaus bauen. Und das habe ich doch dann ganz alleine gemacht.“

„Das hast du ganz alleine geschafft? Das wusste ich ja gar nicht. Und ich dachte dein Vater hätte das gebaut. Sooo schön finde ich das.“

„Nein, ich war das! Ich ganz alleine!“

„Das ist ja toll!“

„Meinst du Papa will mit mir im Garten spielen, wenn er von der Arbeit nach Hause kommt.“

„Aber natürlich will er das. Weißt du was? Ich glaube, da kann ich ihn auch schon hören.“

Maximilian legte die weibliche Puppe weg und nahm sich eine weitere männliche.

„Hmmm habt ihr etwa über mich gesprochen?“

„Unser liebster Sohn hat mir gerade von seinem tollen Baumhaus erzählt, was er ganz alleine gebaut hat. Ist das nicht schön?“, sagte die weibliche Puppe, die nun reglos im Puppenhaus lag.

„Und wie das schön ist. Das hätte ich ganz bestimmt nicht schöner bauen können! Du bist aber ganz schön stark und diszipliniert mein Sohn."

„Ich habe dich lieb, Papa." „Und ich habe dich lieb, Maxi", erwiderte die männliche Puppe.

„Und ich habe euch beide auch lieb", entgegnete die weibliche Puppe.

„Auch ich liebe dich mein Schatz", sagte die männliche Puppe und küsste die weibliche. „Aber jetzt gehe ich erstmal mit Maxi in den Garten und wir spielen ein bisschen Fußball. Leicht werde ich es dir aber nicht machen, ha ha ha."

„Maximilian, Abendessen! Komm runter!", erklang die Stimme von Mama aus der Küche. War etwa schon wieder so viel Zeit vergangen? Maximilian streckte sich und schaute etwas wehmütig zu dem Puppenhaus von Lisa. Eigentlich hätte er gerne noch viel länger damit gespielt. Aber wenn Mama ruft, war es besser, wenn man auf sie hörte.

Die oberste Stufe überspringend ging er die Treppe hinunter und konnte das metallische Geräusch von Töpfen und Geschirr hören.

„Naja du kennst ja Becky", beendete Mama ihren letzten Satz, als Maximilian die Küche betrat. Papa saß schon am Tisch und sprach, ohne von seinem Smartphone aufzublicken: „Hm hm."

„Und wie war es bei dir an der Arbeit?", fragte Mama.

„Wie immer", sagte Papa und wischte weiter auf seinem Display herum. Mit kaum einem Bissen im Magen und doch mit dem emotionalen Gefühl, voll zu sein, ging Maximilian zu Bett.

Kapitel 3

Gerade hatte er die Augen aufgeschlagen, konnte Maximilian es kaum abwarten, sich wieder ans Puppenhaus zu setzen. So ging er rasant die Zwischenschritte 'Badezimmer' und 'Frühstück' durch, stopfte sich geradezu seine zwei Scheiben Toastbrot in den Mund und setzte sich dann endlich wieder in das Zimmer von Lisa. Er griff sich eine männliche und eine weibliche Puppe.

„Urgh“, machte die männliche Puppe, als sie die Tür hinter sich ins Schloss zog.
„Da bist du ja endlich. Hast du mal auf die Uhr geschaut?“
„Ich weiß, ich weiß. Es ist spät geworden.“
„Du hättest mir zumindest Bescheid geben können“, sagte die weibliche Puppe.
„Es tut mir ja leid. Ich musste eben ein paar Überstunden machen.“
„Du musst jeden Tag Überstunden machen. Du hast mich ewig schon nicht mehr gefragt, wie es mir geht oder wie mein Tag war. Die Arbeit frisst dich total auf.“
„Ich habe doch schon gesagt, dass es mir leidtut. Die Arbeit war heute stressig, okay. Wieso musst du mich schon beim Eintreten so anfahren?“
„Ich wollte dich nicht anfahren. Ich mache mir eben Sorgen um dich. Komm erzähl. Was ist momentan los mit dir?“
Die beiden Puppen schwebten zusammen über den kleinen Flur in den Raum, der die Küche darstellen sollte. Die männliche Puppe tat so, als würde sie ein Glas Wasser trinken.

„Ich weiß auch nicht“, sagte diese, „ich habe irgendwie das Gefühl, dass die Beerdigung meiner Schwester mir mehr zugesetzt hat, als ich angenommen habe. Du weißt ja, dass mein Bruder sich komplett aus allem zurückgezogen hat, dann aber trotzdem auf der Beerdigung erschienen ist. Was du nicht weißt, ist, dass ich mich am selben Tag sehr mit ihm gestritten habe. Eben weil alle Kosten der Beerdigung an mir hängen geblieben sind. Und dann kommt der einfach und setzt sich ins gemachte Nest.“

„Das wusste ich gar nicht“, erwiderte die weibliche Puppe.

„Der hat sich mal wieder versucht, aus der Affäre zu ziehen. Hat wohl wieder irgendwelche Spielschulden, weshalb der sich nicht beteiligen konnte.

Ganz ehrlich, der hat mir wieder direkt ins Gesicht gelogen. Als ob ich das an dem Tag auch noch hatte gebrauchen können. Hach keine Ahnung. Das muss in letzter Zeit irgendwie wieder hochgekommen sein. Ich glaube, ich wollte mich einfach mit Arbeit ablenken. Wenn ich ausgelaugt von der Arbeit bin, habe ich keine Energie, mir darüber Gedanken zu machen.“

„Ja gut, aber die Beerdigung ist doch schon über ein halbes Jahr her. Und … naja … du standest doch deinen Geschwistern nie wirklich nah. Das dich das so sehr belastet ...“

„Ey, ist das dein Ernst? Das kannst du also nicht nachvollziehen, dass mich der Tod meiner Schwester runterzieht? Genau diese Empathielosigkeit von dir ist es, wegen der ich schon seit Wochen keine Lust mehr auf Sex mit dir habe.“

„Jetzt willst du mich aber verarschen!“ Die weibliche Puppe näherte sich der männlichen. „Und außerdem … was ist denn das?“ Die weibliche Puppe machte ein riechendes

Geräusch. „Was ist das für ein Geruch an dir? Ist das etwa das Parfüm einer Frau?!“

„Was? Nein. Was weiß ich. Ich war nach der Arbeit noch kurz was einkaufen. Vielleicht war das die Frau hinter mir an der Kasse. Die hatte sich stark eingesprüht. Und ich weiß auch nicht, wieso wir jetzt darüber sprechen. Ich wollte dir gerade von meinen Gefühlen wegen meiner TOTEN Schwester erzählen und du schweifst jetzt wieder so vom Thema ab.“

„Okay, okay. Du hast denke ich Recht. Das hätte ich nicht tun sollen. Erzähl bitte weiter wegen deiner Schwester.“

„Als ob ich jetzt weiter darüber sprechen möchte“, spöttelte die männliche Puppe.

Die weibliche Puppe kam auf die andere zu und sagte:“ Komm, lass dich wenigstens umarmen.“

„Ey, nein, das kannst du vergessen. Du beschwerst dich, dass ich nicht mit dir spreche und wenn ich mal mit dir über meine Gefühle sprechen will, wischt du das einfach so ab. Als ob Männer keine Gefühle haben dürften. Weißt du was? Lass mich in Ruhe. Ich schlafe heute auf der Couch.“

Mit zitternden Händen legte Maximilian die beiden Puppen ab und trat zwei Schritte zurück. Seine Augen, weit geöffnet und ohne zu blinzeln, schauten abwechselnd auf seine Hände und auf das Puppenhaus. Er rannte ins Badezimmer, um sich Wasser ins Gesicht zu reiben und in den Spiegel zu blicken. Wo kommt denn das gerade her? Das war der Gedanke, den er zu verdrängen versuchte. Schnell trocknete er sich ab und ging die Treppe hinunter. In der Küche lagen ein paar Kekse, die Mama am Morgen gebacken hatte. Er nahm sich einen und dann noch einen und dann noch einen. Mit trockenem Hals ging er an den Kühlschrank, um einen großen Schluck aus der Milchpackung zu nehmen. Seine Hände hatten zwar aufgehört zu zittern, aber noch immer konnte er den Gedanken nicht aus seinem Kopf vertreiben, was um Himmels Willen da in ihn gefahren war. Weil er nicht allein sein wollte, ging er zwei Räume weiter, in der Mama an ihrem Computer saß.

„Mama? Ich -“

„Nicht jetzt, Maximilian. Mama muss das hier noch fertig bekommen. Geh doch einfach in den Garten. Ja, Spatz?“

Maximilian griff sich noch einen Keks und ging schnellen Schrittes in den Garten. Eeek machte die Schaukel, als er sich auf ihr höher und immer höher schwang. Dass seine Füße kalt wurden, merkte er nicht. Er hatte vergessen, sich die Schuhe anzuziehen.

Kapitel 4

An diesem Morgen hatte es Maximilian nicht so eilig, sich ans Puppenhaus zu setzen. Immer wieder ertappte er sich dabei, wie er in der oberen Etage über den Flur ging und verstohlene Blicke in das Zimmer von Lisa warf. Die Kinderbücher in seinem Zimmer hatte schon alle durchgelesen und die Schaukel im Garten gab ihm auch nicht mehr den Kick, den sie früher mal hatte. Es war nun zwei Stunden her, nachdem er den letzten Keks von Mama, die sie am Vortag gebacken hatte, gegessen hatte und es gingen ihm langsam die Optionen aus, mit denen er sich ablenken konnte. Mit schweren Schritten ging er die Treppe hinauf, die letzte Stufe knarrte unter seinen Füßen und er betrat Lisas Zimmer.

„Na komm schon, du kleiner Teufel“, lallte die männliche Puppe, die vor dem Haus an der Haustür stand. Es klickte und die Türe öffnete sich.

„Na geht doch!“, sagte sie etwas lauter, als der Schlüssel ins Schloss glitt. Als die männliche Puppe in den kleinen Hausflur schwebte, traf sie die weibliche Puppe mit verschränkten Armen, die nur schwieg und blickte.

„Wieso bist du denn noch wach? Hast du mal auf die Uhr geschaut?“, fragte die männliche Puppe.

„Willst du mich eigentlich komplett verarschen? Weißt du, wie spät es ist? Wo kommst du gerade her? Und -“, die weibliche Puppe machte ein riechendes Geräusch, „riechst du da etwa nach Alkohol?“

„Was denn? Ich bin ein erwachsener Mann! Darf ich denn nicht mal ein Gläschen Gin trinken?!“

„Seit Wochen frage ich dich, ob wir nicht mal wieder zusammen was trinken gehen wollen. Und jetzt, ohne mir Bescheid zu geben, gehst du einfach so aus?"

„Na und?", lallte die männliche Puppe, langsam lauter werdend. „Ich wollte eben mal was ohne dich machen. Ist doch nichts dabei."

„Ey du kannst mich mal!", entgegnete die weibliche Puppe mit einem unterdrückten Zittern in der Stimme. „Willst mich nicht mehr anfassen, willst mit mir nichts mehr unternehmen. Wieso kommst du überhaupt noch hierher nach Hause?!" Die weibliche Puppe näherte sich der männlichen. „Was? Was ist denn das hier?" Sie deutete auf den Kragen der männlichen Puppe. „Ist das da etwa roter Lippenstift auf deinem Hemd?"

„Und wenn schon! Was kümmert es dich? Dir ist doch eh alles verdammt egal. Du würdest doch eh nicht wollen, dass ich dich anfasse." Das letzte Wort kam sehr spöttisch. „Da ist es doch nur logisch, dass ich wen anderes gebummst habe. Ich habe auch Bedürfnisse, Herr Gott!"

Die weibliche Puppe schwebte ein bisschen zurück.

„Ja ganz richtig. Ich habe meine Arbeitskollegin gebummst. Was willst du machen, huh?"

Die weibliche Puppe schwebte näher an die männliche heran und gab ihr eine Backpfeife. „Kannst den Tod deiner Schwester nicht ertragen, was? Und jetzt hintergehst du deine Frau. Du widerst mich an, du stinkendes Stück Dreck! Was bildest du dir -" Doch weiter kam sie nicht, denn die männliche Puppe schlug ihr mit der Faust ins Gesicht.

„Was ich mir einbilde? Du dumme Ding! Ich bilde mir ein, dass dich zu heiraten der größte Fehler meines Lebens war."

Ein weiterer Schlag folgte in den Magen der weiblichen Puppe. „Na was denn? Willst du hierzu nichts erwidern? Fällt dir hierzu nichts Schlaues mehr ein?“

Die weibliche Puppe schwebte in die Küche, um sich in Sicherheit zu bringen, aber die männliche Puppe kam schneller hinterher.

„Wo willst du denn hin? Sind wir etwa schon fertig mit der Diskussion? Huh? Komm hier her du dummes Weib!“ Damit griff die männliche Puppe ein Messer aus dem Messerblock und schwang das glänzende Metall hin und her. „Fällt dir hierzu nichts Schlaues ein? Liegt das hier auch nur daran, dass meine Schwester gestorben ist? Huh?!“

„Hör“, kam über die Lippen der weiblichen Puppe gehaucht, „Hör auf. Was tust du denn da?“

„Dir zeigen, wer hier was zu sagen hat!“

„Nein bitte. Bitte mach das nicht! Steck das Messer bitte wieder weg! Wir können doch über alles reden. Ich gebe dir auch keine Widerworte mehr. Aber bitte -“

„Widerworte wirst du mir bestimmt nicht mehr geben können, wenn ich mit dir fertig bin. Oder - wie sagtest du - stinkendes Stück Dreck?“

„Nein, bitte.“, flehte die weibliche Puppe.

Das Messer sauste hervor und stieß weit in die weibliche Puppe hinein. Ein kratzendes Geräusch war zu hören, als das Messer über die Wirbelsäule kratzte. Als das Messer wieder herausgezogen wurde und sich ein kleiner Unterdruck gebildet hatte, erklang ein leises Schmatzen.

„Ja jetzt sagst du nichts mehr! Dazu fällt dir nichts mehr ein!“ Wieder fuhr das Messer hervor und stach in die weibliche Puppe hinein. „Das ist alles deine Schuld! Wieso hast du mich dazu getrieben, dass das hier passieren musste? Du wolltest doch, dass das hier passiert!“ Wieder erklang ein kratzendes Geräusch, gefolgt von einem leisen Schmatzen. „Das ist alles deine Schuld! Das hätte nicht soweit kommen müssen, du dummes Weib! Du dumme Stück!“

Maximilian stolperte vom Puppenhaus zurück, fiel auf den Rücken und stieß sich schmerzhaft den Ellenbogen auf dem Boden an. Seine Augen waren weit aufgerissen und seine Hände zitterten. Was habe ich nur getan?, bildeten seine Lippen lautlos. Er stand auf und ging im Zimmer auf und ab, da er sich nicht traute, den Raum zu verlassen. Was um Himmels Willen war nur mit ihm falsch? Was ist hier gerade passiert? Obwohl er am liebsten in sein Zimmer gerannt und sich unter seiner Bettdecke versteckt hätte, konnte er sich nicht vom Puppenhaus entfernen. Konnte er das alles einfach so stehen lassen? Übelkeit stieg in ihm auf und beinahe hätte er dem widerlichen Gefühl in seinem Magen nachgegeben, aber er musste wissen, ob das gerade wirklich passiert war. Mit schweren Schritten und einem Ekel im Gesicht näherte er sich wieder dem Puppenhaus. Zu jedem Schritt näher musste er sich zwingen. Sein Atem wurde schneller und ein heißes Gefühl stieg ihm den Hals hinauf. Sein Kopf schien ihm nahezu zu verglühen und zeitgleich begann er zu frieren und zu zittern. Mit trockenem Hals setzte er sich wieder ans Puppenhaus.

Die männliche Puppe schwebte aus der Abstellkammer mit einer Axt in der Hand und näherte sich der weiblichen Puppe, die in der kleinen Küche lag.

„Wieso musstest du mich hierzu zwingen? Das alles hätte nicht passieren müssen."

Die Axt sauste hinab und traf die weibliche Puppe knapp oberhalb des linken Knies. Blut spritzte an die Küchenschränke, aber das Bein war noch nicht abgetrennt. Zwei weitere Schläge waren notwendig, zwei weitere knirschende Geräusche, zwei weitere ekelerregende Schmatzer.

„Siehst du wozu du mich hier zwingst?" Damit sauste die Axt hernieder, um sich dem rechten Bein zu widmen. Tiefes, stoßweises Atmen kam von der männlichen Puppe, als sie noch ein weiteres Mal zuschlug. Das zweite Bein ist ihm leichter gefallen als das erste. Seine Arme waren bis zu den Ellenbogen voller Knorpel und Blutspritzer. Unter der weiblichen Puppe bildete sich eine immer größer werdende, mehr oder weniger kreisrunde Blutlache.

Es dauerte schreckliche zehn Minuten, bis die männliche Puppe fertig war. Zehn lange Minuten, die erfüllt waren von kratzenden, schmatzenden Geräuschen und dem tiefen Atmen, eines zufriedenen Mannes. Als sie fertig war und die schrecklichste aller Sünden begangen hatte, warf die männliche Puppe die Axt in den Raum und ging zurück zur Abstellkammer. Einen Augenblick später kam die männliche Puppe mit einer Schaufel in der Hand wieder. Obwohl ihre Muskeln schon zitterten und der Atem immer schwerer ging und sie wusste, dass sie noch viel zu tun hatte, bis der Schmutz hier beseitigt war, hatte die männliche Puppe doch die Gewissheit, dass es richtig war, was hier gerade geschah.

„Maximilian, Abendessen! Komm runter!"

Maximilian stolperte zurück, ließ die Puppen fallen und rannte ins Bad. Kaum hatte er den Toilettendeckel gehoben, erbrach er die schrecklichsten Augenblicke seines Lebens in die weiße Keramik. Als er sich den Mund ausspülte, hörte er erneut die Stimme von Mama rufen.

„Maximilian, hast du gehört? Es gibt Essen!"

Mit glasigem Blick und zitternden Händen stieg er langsam die Treppenstufen hinunter. Die erste Stufe knarrte, aber das konnte er kaum wahrnehmen. Was ist nur falsch mit mir? Warum bin ich so kaputt?, war das Einzige, was seine Gedanken erfüllte.

Er schlurfte in die Küche und setzte sich ohne aufzublicken an den Küchentisch.

„Du sollst die Füße nicht so schlurfen lassen. Hebe deine Beine beim Laufen an. Es soll doch keiner glauben, dass du ein Invalide bist", sagte Papa der sich gerade ebenfalls an den Küchentisch gesetzt hatte.

„Heute war Becky wieder im Meeting mit mir und dem Team. Und ey, du wirst es nicht glauben. Die hat mich heute doch tatsächlich gefragt, ob ich ihr nochmal erklären kann, wie der Mittelwert genau definiert ist. Ist das zu fassen?", fragte Mama.

„Huh, verrückt", sagte Papa ohne von seinem Handy aufzublicken.

Kapitel 5

Maximilian lief ziellos im Haus auf und ab. Er ging die Treppe hinauf und ließ dabei seine Hand über die Bretter des Geländers streifen, was ein leises tock tock tock tock erzeugte. Als er wieder die Treppe hinunterstieg, sagte er sich Du bist kaputt Maxi. Du bist total verrückt. Was stimmt mit dir nicht? Als ob Mama und Papa einen kranken Sohn haben wollen. Wenn sie wüssten, was ich getan habe, würden sie mich angewidert ansehen und weggeben. Warum sollte ich es ihnen übelnehmen? Ich bin total krank. Irre. Ich bin total irre. So ging er durch das Haus, ziellos und ohne wirklich seine Umgebung zu beachten. Er stieß mit dem Ellenbogen an einen Karton, der auf dem Wohnzimmertisch stand. Als dieser hinabfiel und ein dumpfes knallendes Geräusch erzeugte, erschrak er und sprang einen Schritt zurück.

„Maximilian, bitte etwas leiser! Mama versucht hier zu arbeiten!"

Aber das hörte Maximilian nicht. Er war zu sehr damit beschäftigt, vom Druck in seinen Ohren und von dem heißen Stück Metall in seiner Magengegend nicht ohnmächtig zu werden. Wie benommen ging er aus dem Wohnzimmer und näherte sich, ohne dass es ihm klar war, der Treppe nach oben. Erst als er das Knarren der obersten Stufe hörte, wusste er wieder, wo er war. Da drüben war das Zimmer von Lisa. Und dort waren die kratzenden und schmatzenden Geräusche und die Übelkeit. Seine Füße gingen zwei Schritte auf ihr Zimmer zu und Panik stand in seinen Augen. Zwei weitere Schritte gingen seine Füße darauf zu und ihm wurde klar, dass er es nicht verhindern konnte, in diesen Raum zu gehen.

„Weißt du, Maxi. Papa ist schon seit langem unglücklich. Und Mama ist ebenfalls seit langem unglücklich. Deswegen ist sie fortgegangen. Sie hat es einfach nicht mehr hier ausgehalten.“ Die beiden männlichen Puppen schwebten im kleinen Kinderzimmer des Puppenhauses.

„Mama und Papa wissen, dass mit dir etwas nicht stimmt, mein Sohn.“

Eine der männlichen Puppen wich ein bisschen zurück.

„Ganz recht. Hattest du gedacht, dass wir das nicht merken würden? Du bist schlecht in der Schule, hast keine Freunde, kannst kein Fußball spielen und nicht einmal ein Baumhaus kannst du alleine bauen. Deine Mama hat all das einfach nicht mehr ausgehalten und ist fortgegangen. Ich bin sehr enttäuscht von dir. Hättest du dich etwas mehr in der Schule angestrengt oder dir ein bisschen mehr Mühe mit dem Aufräumen deines Zimmers gegeben, dann wäre Mama noch hier. Du hast es uns so unerträglich schwer gemacht, dich zu lieben. Ich denke, es wäre für uns alle besser, wenn du auch verschwindest. Wenn du nicht hier wärst, dann ginge es allen anderen besser. Das ist dir doch klar, oder? Du bist einfach total verrückt. Und wer hat schon gerne einen verrückten Sohn? Was sollen denn die anderen denken? Es wäre das Beste, wenn du einfach verschwinden würdest. Das verstehst du doch mein Sohn, oder?“

Tränen liefen über Maximilians Wangen. Er wusste, dass er etwas zu tun hatte.

Epilog

Eine schwarze Gestalt schwebte unter dem Fenster zum Kinderzimmer von Maximilian. Sie schien nicht aus Materie zu bestehen und schwebte knapp einen halben Meter unterhalb des Fensters. Nicht ganz Schatten, aber auch nicht ganz Nebel waberte und blickte durch das Fenster den kleinen Jungen an, der vor dem Puppenhaus saß. Die schwarze Gestalt wusste, dass sie hier ihre Arbeit beendet hatte. Ohne ein Geräusch von sich zu geben und ohne, dass es jemand bemerkt hat, entfernte sich die schwarze Gestalt von dem Fenster und schwebte hoch in die Luft. Einen kleinen Augenblick später senkte sie sich und hatte zwei Straßen überquert, bis sie sich einem weiteren Fenster näherte, hinter dem ein kleines Mädchen in ihrem Zimmer saß. Die Schwarze Gestalt sah durch das Fenster und begann zu pfeifen. Es klang nicht direkt wie ein Vogel. Es klang wie das Pfeifen eines Menschen, der versucht, das Zwitschern eines Vogels nachzumachen.

Autorin
Melanie Schimanski

Geboren bin ich im Hochtaunuskreis und wohne seit 2021 in meiner neuen Wahlheimat Lichtenfels. Ich liebe es, neue Eindrücke zu sammeln; dabei helfen mir insbesondere meine Reisen im Campingvan. Wenn ich meine Stimme nicht gerade auf dem Papier zum Ausdruck bringe, findet man mich im örtlichen Frauenchor.
Die folgende Kurzgeschichte ist meine erste Veröffentlichung. Momentan schreibe ich an einer Dystopie.

Alles ist gut … oder wird gut

Von Melanie Schimanski

Samstag, 9.00 Uhr. Stadtrand Winterberg, gehobene Wohngegend. Gepflegte Außenanlage mit mediterranem Flair. Einzelstehender Bungalow mit hoher Dreifachgarage. Hinter der großen, hellen Eingangstür mit modernen Glaselementen klassische Musik in voller Lautstärke.

In der weißen Hochglanz-Küche steht eine Mittfünfzigerin im cremefarbenen Seidenpyjama und ebensolchem großbeblumten Kimono an der Spüle und spült zwei Gläser, ihre Hände sind durch quietschgelbe Gummihandschuhe geschützt. In der Luft liegt ein leichter Chlorgeruch. Auf der Theke an der Kochinsel befindet sich benutztes Frühstücksgeschirr für zwei Personen. Daneben liegt das neueste iPhone, auf dem Display läuft ein Countdown.

1 Stunde und 20 Minuten – Charlotte

Wir hatten doch alles. Unser Leben war perfekt. Eine lange, erfüllende Ehe, zwei Kinder, die wir bis zum Auszug begleiteten. Ein wunderschönes Haus am Stadtrand, zwei Autos, eine Tierklinik und ein Fischhandel. Ich war glücklich und sicher, dass Alex es auch war. Warum kommt dieser Idiot auf die Idee, sich eine Affäre zu suchen? Bin ich ihm nach über 25 Jahren nicht mehr gut genug? War ihm sein Leben mit mir, ohne die Kinder, nicht mehr gut genug? Ich habe alles für ihn getan – Tag und Nacht als leitende Veterinärin geschuftet, um ihm den Sportwagen zu schenken. Ich habe mich nie über seine Firma beschwert, obwohl ich wusste, dass es eine Scheißidee war, einen Fischhandel fernab der Küste zu eröffnen. Ich habe mich auch nicht beschwert, als unser Home-Fitnessstudio diesem riesigen, stromfressenden Gefrierraum im Keller zum Opfer gefallen ist. Wir hatten wochenlang Dreck und Baulärm im Haus, nur damit seine Fische und das ganze andere Meeresgetier nicht gammeln, bevor sie in den Restaurants ankommen. Ja, und natürlich musste auch noch ein Spezialtransporter angeschafft werden, damit die Kühlkette nicht unterbrochen wird. All das finanziert von meinem hart verdienten Gewinn aus der Klinik, damit Alex auch einen erfüllenden Job bekam. Und wie dankt er es mir?

Es reicht! Vorgestern hat er das Fass zum Überlaufen gebracht. Ich hatte keine andere Wahl. Ich musste handeln. Und jetzt gilt es zu warten, auch wenn ich nie gut darin war. Ich mache mir doch nicht die Hände schmutzig. Nicht an ihm, der sich in einem fremden Bett gewälzt und mich schamlos belogen hat. Der größte Teil ist erledigt. Die Gerechtigkeit muss wieder hergestellt werden! Das bin ich mir schuldig, ich kann schließlich nicht mit ihm weiterleben, als sei nichts geschehen. Er muss lernen, dass man so nicht mit mir umgehen kann. Das hätte er sich vorher überlegen müssen! Wie kann man nur so undankbar sein? Und was kann sie ihm bieten, was er nicht bei mir bekommen kann? Ich habe ihm sein Leben und all seine Fisch- und Sportwagen-Sperenzchen finanziert. Ohne mich wäre er nie so weit gekommen. Er sollte mir dankbar sein, anstatt mich zu hintergehen. Er besaß nichts, als wir uns kennenlernten.

Seine Familie besteht aus armen Schluckern, wogegen wir seit Generationen eine sehr gefragte Tierklinik betreiben. Ich habe etwas aus ihm gemacht, ihm den Rücken gestärkt und seinen Traum verwirklicht. Und natürlich die beiden Kinder, die wir im Team gut großgezogen haben, und die jetzt ein eigenes Leben mit allen von uns finanzierten Annehmlichkeiten führen.

Alles war perfekt. Aber warum zur Hölle geht er ausgerechnet mit meiner Schwester fremd? Ich bin hübscher und erfolgreicher als sie. Ja, sie ist 15 Jahre jünger, Stil hatte sie jedoch nie. Wie hat sie es geschafft, ihn in ihr Bett zu locken? Ich habe mir doch sogar die Brüste für ihn machen lassen, nachdem ich die Kleine abgestillt hatte. Was will er denn von der Dorfpomeranze im Jogginganzug? Und vor allem: Warum habe ich das nicht früher bemerkt?

Das Spülbecken ist inzwischen randvoll mit Wasser. Charlotte dreht den Wasserhahn zu und kann sich nicht daran erinnern, ihn geöffnet zu haben. Aus dem Toaster springt ein verbrannter Toast.

Ein silberner Kleinwagen fährt die Auffahrt hoch und bleibt vor der Garage stehen.

Charlotte schaut auf die Wanduhr und schält hektisch ihre perfekt manikürten Hände aus den Spülhandschuhen.

„Die hat mir jetzt gerade noch gefehlt! Wenn man vom Teufel spricht …"

Bevor die Besucherin klingeln kann, setzt die Hausherrin ein breites Lächeln auf und öffnet die Eingangstür mit Schwung. Davor steht eine etwas kleinere, jüngere Frau in Jeans und grauer Sweatjacke, die gerade die Hand vom Klingelknopf zurückzieht.

„Hey, sorry für meinen Überfall. Ich versuche schon seit über einer Stunde, euch anzurufen und keiner geht dran. Alex wollte doch heute Morgen zu mir kommen. Und er hat mich noch nie versetzt."

„Ach Vivi, bei uns ist alles gut." Charlotte setzt erneut ihr Lächeln auf und versucht, so gut es in der jetzigen Situation geht, ihre Augen daran zu beteiligen. „Das müssen wir wohl überhört haben. Komm erstmal rein, ich mach uns einen Kaffee." Sie zieht die Tür etwas weiter auf, schaut dabei kurz, ob jemand aus der Nachbarschaft draußen ist und macht eine einladende Armbewegung Richtung Innenraum.

„Dankeschön!" Beim Eintreten bedeckt Vivian ihre Ohren mit den Händen. „Kannst du bitte die Anlage etwas runterdrehen? Ich höre ja meine eigenen Gedanken nicht. Und was ist das eigentlich für eine Beerdigungsmusik?"

1 Stunde und 8 Minuten – Vivian

Es riecht sonderbar nach Chlor und verbranntem Toast. Mein Blick schweift über die stilvoll eingerichtete Designerküche. Seitdem die Kinder aus dem Haus sind und nichts mehr kaputt machen können, haben die beiden tief in die Tasche gegriffen. Jetzt gibt es statt dem gemeinsamen Esstisch eine weiße Hochglanztheke mit Barstühlen an der Kücheninsel. Man könnte meinen, sie hielten hier Kochkurse ab. Auf der Theke steht benutztes Frühstücksgeschirr von zwei Personen. Die Spüle ist randvoll mit Wasser, obwohl Charly es hasst, mit der Hand zu spülen. Mit den Gummihandschuhen hat sie bestimmt versucht, ihre kurzen, aber immer perfekt manikürten Nägel zu schützen. Am Rand der Spüle steht Chlorreiniger, daneben liegt Alex' Handy. Die Nachrichten-LED blinkt. Er hätte heute Morgen um 8.00 Uhr zu mir kommen sollen. Jegliche Versuche, ihn zu erreichen, gingen ins Leere, wobei er normalerweise überpünktlich ist.

„Sag mal, wo ist denn jetzt eigentlich Alex? Er wollte doch um 8.00 Uhr bei mir sein und anfangen, die Hecke zu schneiden."

Sie schaut kurz überrascht, obwohl man sehen kann, dass sie heute Morgen zusammen gefrühstückt haben.

„Alex? Äh,... der musste noch schnell zum Großmarkt, irgend so einen Spezialfisch für das japanische Restaurant besorgen, die haben Delegationsbesuch. Was für einen Kaffee möchtest du denn genau? Espresso? Kaffee Crema? Latte Macchiato? Cappuccino?" Sie steht jetzt neben dem Kaffeevollautomaten, schaut mich an wie die Barista einer Kaffeekette und zieht fragend die rechte Augenbraue hoch.

Ja, auch die alte Filtermaschine ist dem Küchen-Makeover zum Opfer gefallen. Dabei ist Alex dieses ganze Chichi sowas von egal. Wenn er bei mir ist, trinkt er den stinknormalen Filterkaffee mit Dosenmilch.

„Vivi! Was für einen Kaffee du willst, habe ich gefragt." Ich bekomme denselben genervten Blick zugeworfen, den ich noch gut aus meiner Kindheit kenne.

Da ich sie nicht schon wieder darauf ansprechen möchte, wie sehr mich das nervt, versuche ich meine Bestellung neural zu halten. „Schwarz bitte, mit einem Schuss Dosenmilch."

„Ja ja, die gute alte Dosenmilch … Du weißt schon, dass das schlecht für deinen Cholesterinspiegel ist? Ich hätte hier auch noch fettreduzierte Bio-Sojamilch."

Da klingt sie wieder durch – die Medizinerin. Die große Schwester, die von unseren Eltern verhätschelt und immer über den grünen Klee gelobt wurde. Sie konnte überhaupt nichts falsch machen. Und zur Krönung hat sie dann auch noch die Klinik überschrieben bekommen – macht als Tierärztin natürlich Sinn. Wer würde schon einer Einzelhandelskauffrau zutrauen, ein Unternehmen zu führen? Und da ich keinen Mann vorzuweisen hatte, wäre die Übernahme allein etwas schwierig gewesen.

Ich seufze. „Schwesterchen, ich bin inzwischen alt genug, mich selbst um meinen Cholesterinspiegel zu kümmern."

Mit angeekeltem Blick öffnet sie den Kühlschrank, der in etwa die Größe meines Kleiderschrankes hat, und gibt einen Schluck von Alex' Dosenmilch in den Kaffee. „Okay, bitteschön. Lass ihn dir schmecken." Einen leicht ironischen Unterton kann sie sich wohl nicht verkneifen.

Alex‘ Handy liegt noch immer blinkend neben der Spüle.

Charly holt die Sojamilch aus dem Kühlschrank, gibt etwas davon in den Milchbehälter des Vollautomaten und drückt auf das Cappuccino-Symbol. Die Maschine fängt unter einem Höllenlärm an, eine Tassenportion Bohnen zu mahlen, ganz anders als meine leise glucksende Filtermaschine.

„Sag mal Charly, wieso hat denn Alex sein Handy nicht mitgenommen?“

„Ach, der Schussel, das muss er wohl vergessen haben.“ Charlotte winkt beschwichtigend ab, als sei es das Normalste auf der Welt. Ist es aber nicht – nicht für Alex.

57 Minuten – Charlotte

So, nun habe ich also mein geliebtes, kleines Schwesterchen zu Besuch. Nur, weil wir mal eine Stunde lang nicht an die Handys gehen?

Jetzt starrt sie die Kaffeemaschine an, als hätte sie sowas noch nie gesehen. Ich wette, in ihrem Dorf brühen die meisten noch per Porzellan-Handfilter.

Und sie trägt schon wieder den kackbraunen Lippenstift – ‚Dark Chocolate'. Passt so überhaupt nicht zu ihrem mausgrauen Farbtyp. Und noch weniger zu Alex' Hemden. Ob sie vermutet, dass ich es weiß? Ich glaube nicht. Dafür ist sie nicht schlau genug. Zum Glück! Sie hätten es ja etwas geschickter angehen lassen können, wenn sie mich schon hintergehen mussten. Der Messenger, bei dem man nicht feststellen kann, wie die Nummer des anderen lautet, war nicht schlecht. Aber wie blöd muss man sein, um dann den geheimen Kontakt ‚V' zu nennen – wie Vivian? Nicht sehr schlau war auch, dass er sich von mir über die Schulter hat schauen lassen, wenn er mit dem Muster (natürlich ein ‚V') sein Handy entsperrt hat. Wie lange das schon geht, weiß ich leider nicht, aber vermutlich fing es nach unserer Silberhochzeit an, denn auf der Party war mir nichts zwischen den beiden aufgefallen. Sie schien mir eher etwas abwesend und traurig, statt sich mit uns zu freuen. Okay, vielleicht war auch die Trennung von Marc noch zu frisch. Nach seinem Auszug hatte Vivi bei Alex angefragt, ob er ihr denn nicht bei der Gartenarbeit helfen könne, besonders bei der Hecke. Aber wer hätte gedacht, dass dieses egoistische, verwöhnte Gör es schaffen könnte, sich meinen Alex zu schnappen? Vermutlich war sie eher Unfall statt Wunschkind, bei dem großen Altersunterschied. Oder war es genau das, worauf Alex stand?

Hoffentlich schaffe ich es, sie mit der alten Ex-Geschichte für heute zu vergraulen. Immerhin hatte ich deutlich andere Pläne für diesen Morgen. „Hast du eigentlich noch mal was von Marc gehört?“

55 Minuten – Vivian

„Wir hatten in den letzten zwei Jahren fast keinen Kontakt. Eine Bekannte erzählte mir jedoch, dass er vor kurzem eine Frau kennen gelernt habe. Sie habe zwei Kinder im Grundschulalter aus ihrer ersten Ehe. Es sei wohl nicht so einfach mit der Logistik, aber er scheine glücklich zu sein."

Ich hasse sie für diese Fragerei. Sie weiß genau, wie weh mir das tut. Ich hatte mir etwas Festes mit Marc aufgebaut, war endlich angekommen. Wir wollten seine Beförderung abwarten und anschließend eine Familie gründen. Wir probierten es fast drei Jahre lang. Erst schoben wir es auf die Nachwirkungen der Pille, dann auf unseren allgemeinen Stresspegel. Und als wir schließlich zum Arzt gingen, erfuhren wir, dass Marc keine Kinder zeugen kann. Eine Adoption konnten wir uns nicht vorstellen. Beziehungsweise er schon, ich aber nicht. Daraufhin haben wir uns so sehr über das Thema gestritten, dass wir uns trennten.

Charly verstand das nicht, denn bei ihr ging immer alles reibungslos. Sie lernte nach den ersten jugendlichen Schwärmereien und Kurzzeitbeziehungen (die ich jedoch kaum mitbekam, weil ich zu jung war) Alex kennen und feierte vorletztes Jahr sogar Silberhochzeit und ihren 50. Geburtstag gleichzeitig. Ich war eingeladen, hielt mich aber von den beiden fern, da ich ihnen die ‚Glückliches-Paar-Show' nicht abkaufte und noch dabei war, meine Trennung zu verarbeiten.

Erst jetzt fällt mir auf, dass auf dem Bildschirmschoner von Charlottes Handy ein Countdown läuft, der bei 53 Minuten ist. Seit sie sich mit dem Cappuccino an die Theke gesetzt hat, hat sie immer wieder auf ihr Handy geschaut. Gerade schaut sie wieder, während sie abwesend auf einem trockenen Stück Toast kaut.

„Sag mal, bist du so früh schon am Kochen oder Backen oder wofür ist der Countdown auf deinem Handy?“

Auf dem Herd steht nichts, den Backofen kann ich von hier aus nicht sehen, aber es riecht nicht nach Essen, nur noch leicht nach Chlor.

Charlotte guckt kurz etwas irritiert, fängt sich aber dann wieder. „Ach, der? Den habe ich gestellt, damit ich weiß, wann die Waschmaschine fertig ist.“

Hmm, untypisch, dass Charly Samstag so früh morgens Hausarbeiten macht. Vor allem, weil das eigentlich Alex‘ Metier ist.

52 Minuten – Charlotte

Mist! Wird Zeit, dass sie endlich abhaut. Ich kann sie währenddessen hier nicht gebrauchen. Ob sie etwas ahnt? Er konnte auf ihre letzten Nachrichten ja leider nicht mehr antworten. Warum zur Hölle hat er sich auf sie eingelassen? Ich kann ihm das nicht durchgehen lassen. Ich habe keine Wahl. Was, wenn sie etwas ahnt? Es gibt kein Zurück mehr. Es muss getan werden, was getan werden muss. Die Gerechtigkeit muss wiederhergestellt werden. Und wenn auch sie dafür gehen muss, dann ist das eben so. Sie hat es verdient. Die beiden haben mein Leben ruiniert.

„Sag mal Vivi, hast du in letzter Zeit Kontakt zu Alex gehabt?“, frage ich beiläufig. Mal schauen, ob sie sich verplappert.

„Ja, er war vor etwa drei Wochen zum Baumschnitt bei mir.“, antwortet Vivi, als sei das überhaupt nicht verwerflich.

Ich hake nach, denn die beiden waren schon einmal in meine Falle getappt. „Und danach hast du nichts mehr von ihm gehört?“

Nachdem ich ihre Lieblingslippenstiftfarbe auf seinem Hemd gefunden hatte, habe ich so getan, als müsse ich länger arbeiten und bin früher nach Hause gekommen. Von Alex jedoch keine Spur. Als er dann zur Tür rein stolperte und mich irritiert ansah, tischte er mir die Lüge auf, er hätte kurzfristig einen Termin bei einem Lieferanten gehabt. Das ist genau zwei Wochen her. Zwei Wochen und 12 Stunden. Er hatte doch alles, was er braucht, hier bei mir. Einen 200 Quadratmeter großen Luxusbungalow am Stadtrand, eine gutverdienende Ehefrau, die ihm nicht auf der Tasche liegt und ihn immer unterstützt hat. Dazu noch zwei gesunde, erwachsene Kinder.

Zu allem Überfluss, hat Vivi ihm vor zwei Tagen ein Ultraschallbild geschickt, darunter die Worte: ‚Der Weg in unsere gemeinsame Zukunft ist geebnet.'

Vivi rollt mit den Augen, als ob sie nicht verstehen würde, warum ich so eingehend frage. „Nein, wir hatten direkt den Termin für heute Morgen abgemacht. Und als er nicht auftauchte, dachte ich, ich schaue mal bei euch vorbei. Und jetzt Schluss mit dem Verhör."

„Okay, okay. Ein Sektchen zum Frühstück, Schwesterherz?"

„Nein danke, ich muss doch noch fahren. Hast du vielleicht einen O-Saft für mich?"

Wie ich es mir schon dachte: Natürlich trinkt sie nicht mehr, seitdem sie weiß, dass sie schwanger ist. O-Saft ist eine gute Idee, der hatte auch bei Alex geholfen. Er ist sehr geschmacksintensiv und man kann darin so ziemlich alles verstecken, ohne dass sich farblich viel tut. Sie braucht ein paar Tropfen mehr als Alex, damit es schnell geht. Das Fläschchen kommt wieder hinter den Kaffeeautomaten.

„Hier bitte, cheers."

„Prost, willst du keinen?"

„Alles gut, ich habe ja meinen Cappu."

Ich hoffe, das Zeug wirkt schnell genug. Langsam reicht mir das Theater. Allein schon, dass sie heute hier reingeplatzt ist, ist ja wohl der Gipfel der Unverfrorenheit. Und das, nachdem wir uns seit Wochen nicht mehr gesprochen haben. Da sieht man doch tatsächlich, dass ihr der liebe Alex wichtiger ist, als die große Schwester, die sich jahrelang um die arme, alleinstehende Vivi gekümmert hat. Ich hasse Smalltalk. Aber irgendwie müssen wir die nächsten Minuten überbrücken, bis es endlich so weit ist und sie für immer die Klappe hält.

„Wie läuft es eigentlich mit deinem Fernstudium? War ja ein gewagter Schritt, wobei du natürlich ohne Kinder ein bisschen mehr Zeit hast als ich in deinem Alter." Smalltalk mit Seitenhieb. Das muss man mir lassen: Heute bin ich sehr gut drauf.

„Och, eigentlich ganz gut. Habe gerade die ersten beiden Semester geschafft. Natürlich ist das nicht so einfach, da es wirklich viel Zeit frisst. Aber ich denke, es wird sich lohnen."

38 Minuten – Vivian

Irgendwas stimmt nicht. Mir ist ein bisschen schwindlig. Wieso schaut sie denn die ganze Zeit auf den Countdown auf ihrem Handy? Und warum tut sie plötzlich so, als würde sie sich für mein Leben interessieren? Ich bin nun mal nicht so privilegiert wie sie. Sie war im richtigen Alter, als unsere Eltern in Rente gingen, sie hatte das Richtige studiert und so das Unternehmen überschrieben bekommen. Leider sind ein paar Jahre später unsere Eltern bei einem schrecklichen Unfall ums Leben gekommen. Viel zu erben gab es dann nicht mehr. Gerade genug, dass ich ein wenig Geld sparen konnte, das mich jetzt durch mein Fernstudium bringt. Charly schien der Tod unserer Eltern nicht sehr getroffen zu haben. Sie faselte irgendetwas von Schicksal und es kommt für uns alle die Zeit. Ich meine sogar gehört zu haben, wie sie einmal ‚alles ist gut‘ oder ‚alles wird gut‘ sagte.

Ein stechender Schmerz durchzieht meine Magengegend und mir wird plötzlich ganz anders. Ich spüre, wie mir eine Hitze ins Gesicht steigt und sich kalter Schweiß auf meiner Stirn bildet. Der Speichel in meinem Mund verflüssigt sich und die Übelkeit kriecht langsam die Speiseröhre hinauf.

„Vivi, alles okay?“ In ihrem Blick liegt alles andere als Besorgnis.

„Mir ist ein bisschen komisch. Ich gehe mal kurz auf Toilette.“

Ich stemme mich vom Tisch hoch und merke, wie schwer meine Beine werden. Mein Magen rebelliert immer mehr, und ich hoffe, dass es besser wird, wenn ich dem Druck nachgebe. Gleichzeitig spüre ich, wie mein Herz zu rasen beginnt.

Ich taumle Richtung Badezimmer, öffne die Tür und schließe sie hinter mir. Mein Blick fällt auf die Waschmaschine. Sie ist leer und offen. Wozu dann der Timer? Und warum sollte sie mich mit so einem Quatsch anlügen? Ich sehe im Spiegel, dass ich kreidebleich bin und die Äderchen in meinen Augen geplatzt sind. Plötzlich wird mir schwarz vor Augen.

27 Minuten – Charlotte

Ja, sie hat es verdient. Genauso wie er. Sie ist jetzt Teil der universellen Gerechtigkeit geworden. Denn was noch nicht gut ist, wird gut. Sie kann erstmal im Bad liegen bleiben, solange ich die Spuren unseres Frühstücks aufräume. Ich werde später allein fertig essen. Das Glas kann zu dem von Alex in die Spüle. ‚Dark Chocolate' nicht nur an seinem Hemd, sondern auch an meinem Glas. Sie hätte sich aus unserem Leben raushalten sollen. Dann hat sie auch noch die Schamlosigkeit hier aufzutauchen und nach ihm zu suchen. Einen Kaffee trinke ich noch, bevor ich runtergehe. Dosenmilch. Das ist vermutlich das Einzige, was die beiden gemeinsam haben. Ich frage mich, wie sie es geschafft hat, ihn davon zu überzeugen, ein Kind mit ihr zu planen. Oder war es ein Unfall? Es kann doch gar nicht sein, dass er aus diesem Leben hier flüchten wollte. Er hatte doch alles. Es war perfekt, so wie es war. Nein, sie muss ihm das Kind angehängt haben. Vielleicht war es auch gar nicht von ihm. Vielleicht hat sie es ja mit dem halben Dorf getrieben. So wie früher, bevor sie Marc kennenlernte. Um jetzt ausgerechnet meinem Mann ein Kind anzuhängen! Wir hatten doch alles. Eine glückliche Ehe, zwei gesunde Kinder und das Familienunternehmen. Die Klinik, die ich nach dem Tod meiner Eltern endlich in Ruhe alleine führen konnte. Ich war es leid, dass selbst nach zwei Jahren erfolgreicher Unternehmensführung meinerseits, uns meine Eltern noch immer diese Besuche abstatteten. Besuche, bei denen sie mir erklärten, was ich mit meiner Klinik zu tun und zu lassen hätte. Die beiden tranken ihren

Orangensaft erst kurz vor der Abfahrt nach Hause und verloren dann irgendwie die Kontrolle über das Auto. Es war eine Fügung des Schicksals, dass es an einer Stelle passierte, an der sowieso immer wieder Unfälle geschahen. Zudem waren sie alt und hatten Herzerkrankungen und so stellte zum Glück niemand mehr Fragen. Die Gerechtigkeit musste auch damals wieder hergestellt werden. Nach dem Tod meiner Eltern hat sich Alex auch endlich wieder vermehrt um mich gekümmert … dank meiner Trauer. Das hat uns richtig zusammengeschweißt. So wurde alles gut.

Jetzt muss ich mich aber beeilen, bevor es zu spät ist. Ich wollte doch nur in Ruhe mein zweites Frühstück genießen und dann schauen, ob er mir noch etwas zu sagen hat.

Charlotte startet Giazottos ‚Adagio in g-Moll' erneut in voller Lautstärke. Die Version vom Londoner Philharmonie Orchester lässt einem den Bass bis in die Knochen spüren. Wie recht Vivi doch hatte mit ‚Beerdigungsmusik'.

13 Minuten – Charlotte

Sein Handy. Ich streiche das ‚V‘ in die Bildschirmsperre und checke die letzten Nachrichten. Heute zwischen 8.02 und 8.15 vier verpasste Anrufe von ‚Vivian‘. Vor zwei Minuten eine Nachricht von ‚V‘ im anonymen Messenger: ‚Ich freu mich auf später. Auf dich und uns. *Sektglas-Smiley*‘. Das kann nicht sein. Ich hab ihr doch genug für einen Elefanten in den O-Saft gemischt. Mich hat gewundert, wie sie es überhaupt noch ins Bad geschafft hat. Irritiert renne ich zum Bad, stoße die Tür auf, die jedoch an ihrem Bein anschlägt und sich nicht weiter öffnen lässt. Ich drücke mich durch den Spalt und checke Atmung und Puls. Tot. Sicher! „Ich kümmere mich gleich um dich, Schwesterchen.“

Ich gehe zurück in die Küche, entsperre sein Handy, das wieder angefangen hat zu blinken. Eine neue Nachricht von gerade eben: ‚Hey, ich seh doch, dass du die Nachricht gelesen hast. Schreib mir, wenn du Zeit hast! Denk an dich und lieb dich, Kuss V.‘

„Scheiße, scheiße, scheiße!“ Schnelle Schritte ins Bad, Charlotte stößt die Tür auf. „Vivi? Vivi? Wach auf! Vivian! Wach auf! Das kann nicht sein. Es tut mir so leid. Bitte… Wach auf! Das kann nicht sein. Das ist alles nur ein schlechter Traum. Vivi, tu mir das nicht an. Komm, wach auf. Los, mach die Augen auf! Nein …“

Tränen rinnen aus Charlottes Augen und tropfen auf Vivians Gesicht. Charlotte trommelt mit beiden Fäusten auf Vivis Brustkorb.

„Los, Atme! Komm, wach jetzt auf, bitte! Vivi! Ich weiß, dass du es nicht warst. Ich hätte das nicht tun sollen. Los, mach die Augen auf, es ist alles wieder okay! Ich glaube dir, nur mach die Augen auf, bitte. Ich flehe dich an. Lass mich nicht allein.“ Charlotte schüttelt den erschlafften Körper an den Schultern.

„Vivi, bitte wach auf. Du und ich für immer! Wie früher. Komm zurück! Wir schaffen alles, Schwesterherz! Nur du und ich … Es tut mir leid.“

Charlotte bricht schluchzend auf Vivians leblosen Körper zusammen.

0 Minuten – Charlotte

Ein schrilles Alarmgeräusch aus der Küche. Charlotte stemmt sich hoch, schiebt sich durch den Türspalt und geht schnellen Schrittes zu ihrem Handy. Sie stoppt den Alarm. Das mit Vivi hätte nicht passieren sollen. Sie war sich so sicher. Doch jetzt hat sie eine Unschuldige auf dem Gewissen. Das ist ungerecht und denkbar schlecht für das Gleichgewicht.

Sie geht am Badezimmer vorbei, hält dabei den Blick stur geradeaus auf die Tür zum Keller gerichtet, als könne sie damit die Tatsachen der letzten Minuten ungeschehen machen. Aber sie kann sich jetzt wirklich nicht weiter mit Vivi befassen. Ab jetzt zählt jede Minute, sonst könnte es zu spät sein. Sie will dort unten sein, wenn die Gerechtigkeit wieder hergestellt wird. Und so geht sie Schritt für Schritt die Kellertreppe hinunter.

Minus 2 Minuten, minus 20 Grad – Charlotte

Die Anzeige des Kühlraums steht auf -20°C. Meine intensiven Recherchen im Internet und weitreichende Dialoge mit der künstlichen Intelligenz haben ergeben, dass bei dieser Temperatur der menschliche Körper zum Erfrieren etwa vier Stunden benötigt. Kurz bevor es so weit ist, setzt normalerweise die Kälteidiotie ein – ein Paradoxon, das ich beobachten möchte.

Nachdem du deinen O-Saft getrunken hattest, habe ich dich in den Keller geschickt, um uns ein gefrorenes Schwertfisch-Filet fürs Abendessen zu holen. Den Timer hatte ich mir so gestellt, dass ich mich ein letztes Mal mit dir unterhalten kann – in der Phase der völligen Wehrlosigkeit, kurz vor deinem Tod. Denn ich möchte dir natürlich erklären, was genau du falsch gemacht hast und dir eine letzte Gelegenheit geben, dich für all das zu entschuldigen. Nur leider kam meine Schwester dazwischen. Und so liegst du jetzt da in deinen gestreiften Boxershorts, deinen Pyjama neben dir. Vielleicht bin ich zu spät. Ich hatte recherchiert, dass sich die Gefäße, kurz bevor man erfriert, wieder weiten und es einem so heiß wird, dass man sich ausziehen muss. Du schaust mich mit deinen trüben Augen durch das Türfenster an. Habe ich ein Blinzeln gesehen? Du glaubst gar nicht, wie viel Arbeit ich in all das hier gesteckt habe. Das hätten wir uns beide sparen können, wenn du mir einfach nur treu geblieben wärst. Die innere Türmechanik und den Griff so zu präparieren, dass sie abfallen, wenn du von innen daran ziehst, war ein enormer Aufwand.

Ich öffne die Tür und klemme sie mit dem Keil, den ich innen neben der Tür versteckt hatte, fest.
Da, ein Blinzeln! Gerade noch rechtzeitig.

Minus 4 Minuten – Charlotte

„Ja, mein Liebster. Bin schon da.“, sage ich zu Alex, während ich mich langsam zu ihm knie. Ganz schön kalt hier, ich hätte mir besser etwas Dickeres anziehen sollen. Er lehnt halb zusammengesackt an der Rückwand, seine komplette Hautoberfläche ist bläulich verfärbt. Eispartikel haben sich an Augenlidern, Nase und Lippen gebildet.

„Jetzt tut es dir mit Sicherheit leid, dass du mich betrogen hast. Du möchtest mir doch bestimmt noch etwas sagen?“

Alex' Pupillen sind stark geweitet und bewegen sich nicht mehr. Der Atemzug, den er gerade nimmt, wird wohl sein letzter sein. Ich gehe mit meinem Ohr dicht an seinen Mund, um seine Worte zu hören.

„Fahr. Zur. Hölle!“, presst er hervor.

Ein kratzendes Geräusch von Holz auf Stein. Charlottes Blick fällt sofort auf die Tür. Der Keil, den sie vermeintlich rutschfest darunter platziert hatte, verschiebt sich. Sie steht mit einem Ruck auf und hastet zur Tür. Diese fällt jedoch mit einem lauten Knall ins Schloss.

In der Küche springt die Musikanlage auf Händels ‚Messiah, HVV 56, Part 2 – Halleluja‘, als hätte sie geahnt, was gerade im Keller passiert ist.

Es sieht so aus, als sei auf Alex‘ gefrorenen Lippen ein Hauch von einem Lächeln zu erkennen. Charlotte hämmert noch stundenlang gegen die Tür und das Fenster, bevor sie letztlich nach knapp vier Stunden ihrer eigenen Kältefalle zum Opfer fällt.

Und so ist die Gerechtigkeit wieder hergestellt und alles ist wieder gut.

Autorin
Petra Stremme

Endlich Schreibzeit: Mein Name ist Petra Stremme und ich wohne in Willingen. Nachdem ich seit fast einem Jahr meine berufliche Laufbahn in der Verwaltung und in der Werbe- und Touristikbranche beendet habe, hat sich meine Schreiblust zunehmend entwickelt. Jetzt kann ich meine Ideen, die ich aus meinen Wanderurlauben und Reisen an die schönsten Küsten Europas schöpfe, verwirklichen. Meinen Debütroman, der im Sauerland und an der Algarve seine Schauplätze hat, konnte ich vor einigen Wochen fertigstellen, und ich bin jetzt auf der Suche nach einem Verlag. Von dem Buchprojekt mit Kurzgeschichten war ich sofort begeistert und freue mich, dass sich so engagierte Autoren aus unserer Region zusammengefunden haben,

Veröffentlicht wurden in den vergangenen Jahren meine redaktionellen Texte und Portraits für heimische Gästejournale und Broschüren aus dem Touristik- und Entertainmentbereich.

Entgleisung

Von Petra Stremme

KLARA

Geschafft. Erleichtert entscheide ich mich für einen der freien Plätze am Fenster. Meinen Weekender platziere ich direkt neben mir, in der Hoffnung, dass sich niemand neben mich setzen wird. Ich mag es nicht, beengt zu sitzen, schließlich bin ich nicht das dünnste Geschöpf auf Gottes Erden. Dann lieber mir gegenüber, da weiß ich, mit wem ich es zu tun habe, und ich kann ihm oder ihr in die Augen schauen. Der Weg zu Fuß zum Bahnhof war schon anstrengend genug für mich.

„Ist dieser Platz noch frei?“

„Ja, bitte,“ antworte ich der eleganten Dame.

Neidisch starre ich auf lange, schlanke Beine, die in makellosen Seidenstrümpfen stecken und rücke verlegen meine in Cordhosen gepressten Stempelchen beiseite. Ja, tatsächlich habe ich heute auch ein Vorstellungsgespräch, denke ich. Natürlich nicht bei einer Bank. Nein, schlicht als Pferdewirtin auf einem Reiterhof…

„Fahren Sie auch nach Münster?“, werde ich gefragt.

„Ja“, antworte ich. „Ich habe ein Vorstellungsgespräch.“ Und noch ehe die Dame die Stirn runzeln kann, höre ich mich sagen: „…auf einem Reiterhof, als Pferdewirtin.“

Mein Blick schweift verlegen ab, und ich schaue ungeduldig durch das schmutzige Zugfenster. Wann geht es endlich los?

Schließlich habe ich keine Lust auf ausufernde Konversation.
Auf dem Bahnsteig steht ein Pärchen. Ende dreißig, schätze ich, so wie ich. Er küsst sie zärtlich auf den Mund. Wieder und wieder. Seine Hände halten ihre Schultern fest, und sein Blick lässt nicht von ihr ab. Mehrmals befreit sie sich vergeblich aus seiner Umklammerung, und ich habe das Gefühl, als wolle sie viel lieber in den Zug einsteigen, als sich weiterhin küssen zu lassen. Er sieht verdammt gut aus, denke ich. Würde mich jemals einer so küssen, …ich wäre glücklich. Ich schaue auf meine Smartwatch und meine Dame gegenüber sagt:
„Noch drei Minuten."
Wie lange will dieser unglaublich gutaussehende Typ im weißen Oberhemd die junge Frau noch festhalten? Er könnte so viele andere auch haben. Mich zum Beispiel. Sein einnehmendes Wesen behagt ihr ganz und gar nicht. Das kann ich an ihrer Haltung erkennen. Sie trägt einen schweren grünen Rucksack auf ihrem Rücken und steht jetzt in Fluchtstellung direkt vor der Einstiegstür. Ihre schmalen Lippen formen sich zu einem „Ich muss jetzt einsteigen." Sein Blick in ihre Augen ist unablässig, fast provokant. Verzweifelt greift er nach ihrer Hand, aber sie entzieht sie ihm und steigt unverhofft ein. Ich höre wie er ihren Namen ruft: „Vicky! Vicky!"
Vicky betritt unser Abteil, stellt ihren Rucksack auf den Sitz neben sich und nimmt gleich an der Tür Platz. Ich kann sie beobachten, wie sie ihre Finger durch ihre blonden, kurzen Haare zieht und ihre Augen dabei schließt. Sie schaut nicht mehr in Richtung des Bahnsteigs. Ihr Verehrer klopft an die Scheibe, aber da sie auf der anderen Seite des Abteils sitzt,

fällt es ihr offensichtlich leicht, ihn zu ignorieren. Der Zug fährt an, Vicky nimmt ihr Handy aus der Hosentasche und lehnt sich in ihren Sitz zurück.

MARKUS

Den Tränen nahe verlässt Markus den Bahnsteig. Vicky hatte ihm gesagt, sie fahre zu Felicitas, ihrer Schwester nach Itzehoe. Seit Tagen hatte sie ihm versichert, dass Felicitas schwer erkrankt sei und sie sie bei deren bevorstehenden Arztbesuchen unterstützen wolle. Er kannte Vicky nun schon ein halbes Jahr, aber von einer Schwester hatte sie ihm nie etwas erzählt. Vielleicht hätte er sie doch nicht fahren lassen sollen, weil er ihr in Wirklichkeit die Geschichte nicht glauben wollte. Auch wurde er das Gefühl nicht los, dass etwas Anderes, Unheilsames dahinterstecke. Er hatte Angst um seine neue Freundin. Ein Foto von Felicitas konnte Vicky ihm auch auf seine Frage hin nicht zeigen, und als er in einem sicheren Moment ihr Handy durchsuchte, war da auch kein Hinweis auf eine Schwester zu finden. Vicky hatte ihn nur dahingehend beruhigen können, dass Felicitas sehr zurückgezogen lebt, und die Schwestern seit dem Tod der Eltern keinen Kontakt miteinander pflegten. Ihm war aufgefallen, dass Vicky des Öfteren von einer Handynummer ohne Namen angerufen worden war. Aber das musste ja nichts bedeuten.

Voller Sorge um Vicky fuhr Markus in die Innenstadt von Paderborn zurück, in sein Café. Er wollte Tina, seine Angestellte, nicht länger mit den Gästen alleine lassen. Selbst an einem Dienstag lief sein Kaffeegeschäft recht gut, und er wollte doch noch die Ahornblätter vor der Tür zusammenkehren.

Ein halbes Jahr ist es her, als Vicky eines Morgens an einem regnerischen Frühlingstag pudelnass in sein Café spazierte. Sie trug nur eine hellblaue Strickjacke über ihrem weißen T-Shirt. Beides und ihre Jeans klebten an ihrem schlanken Körper. Nein, das war nicht der Grund, dass Markus sich in Vicky verliebt hatte. An diesem magischen Morgen war es jener anziehende Hauch, der zusammen mit ihr zur Tür hereingeweht war, der Duft von *Petrichor.* Er sah die Regentropfen auf ihren langen Wimpern, die ihre sanften Augen umrahmten und war völlig entflammt. Dann hatte er eine Decke geholt und sie ihr um ihre Schultern gelegt.

KLARA

„Würden Sie bitte so lange auf meine Tasche achten? Ich muss schnell mal zur Toilette.“ Mein Ziel nahte und ich war aufgeregt.

„Ja, gerne, kein Problem.“

Wir sind kurz vor Drensteinfurt. Der Zug würde gleich noch einmal halten. Etwas steif, hebe ich meinen Hintern aus meinem Sitz und schreite an Vicky vorbei. Unsere Blicke treffen sich für einen Moment, als sie von ihrem Handy aufschaut. Ich ziehe die Abteiltür auf und schiebe mich um die Ecke durch die Toilettentür. Als sich die Fahrt schon verlangsamt, fallen mir die Worte meiner Oma ein, dass man die Zugtoilette in einem Bahnhof nicht benutzen soll, weil sonst alles auf die Schienen läuft. Ich überlege, ob das tatsächlich noch der Fall ist. Ich wasche mir eiligst die Hände und verlasse die Sanitäranlage. Da gibt es auch schon einen Ruck, und der Zug steht. Drensteinfurt, lautet die Ansage. Kurz halte ich mich noch an der Haltestange fest, und ich sehe, dass Vicky am Ausstieg wartet. Sie drückt auf den Türöffner und bevor sie den Zug verlässt, beobachte ich, wie sie ihr Handy fast unauffällig in den Mülleimer an der Tür gleiten lässt. Überrascht von der Situation umklammere ich erneut den Haltegriff. Niemand steigt mehr aus dem Zug. Die Tür schließt sich automatisch. Vicky und ich haben jetzt etwas gemeinsam. Wir beide wissen, dass ihr Handy weiterreist.

VICKY

Ich hoffe so sehr, dass Markus mir meine Geschichte mit Felicitas geglaubt hat. Wie könnte ich ihn sonst vor meinem Unheil bewahren. Vicky läuft über den Bahnhofsplatz von Drensteinfurt in Richtung Schlossallee. Sie kennt sich hier nicht aus. Aber sie hat beschlossen, zunächst aus ihrer erkennbaren Umgebung zu verschwinden. In dieser Stadt würde sie niemand kennen und auch nicht vermuten. Ihr Erspartes hatte sie mitgenommen. Viel ist es nicht, aber mit tausend Euro kann sie vorerst untertauchen. Es war ihr schließlich schon einmal gelungen, vor einem halben Jahr, als sie Markus begegnet war. Er war schockverliebt, und sie hatte ihm das Blaue vom Himmel herunter gelogen, damit er sie nicht fortschickt. Sie sei auf der Suche nach einem Job und einer Wohnung. Sie komme aus Norddeutschland und der Tod ihrer Eltern hätte sie bewogen, hier neu anzufangen. Itzehoe sei ihr zu öde und zu kalt. Sie wollte schon immer ins Paderborner Land. Markus bot ihr das kleine Gästezimmer unter dem Dach an. Vorübergehend, wie er sagte. Doch es war bald nicht mehr nötig, dass sie sich dazu aufmachen musste, eine Wohnung und einen Job zu finden. Die beiden waren schnell ein Paar. Vicky arbeitete in Markus` Café. Er zahlte ihren Lohn bar aus, und ihren Wohnsitz meldete sie einfach nicht um.

Ihr Leben schien wieder perfekt zu sein, bis vorgestern diese Frau im hellen Trenchcoat das Café betrat. Sie setzte sich mit dem Rücken an einen der runden Bistrotische in der Ecke. Ihre Sonnenbrille hatte sie noch nicht abgenommen, als Vicky an den Tisch trat, um sie zu fragen, was sie denn wünsche.

KLARA

Zwei Stationen weiter steigen wir aus, die Dame und ich. Wir verabschieden uns freundlich voneinander, und auf dem Bahnsteig in Münster trennen sich endgültig unsere Wege. Meine Handtasche halte ich sorgsam umklammert, gehe zum Ausgang und rufe ein Taxi. Ich bin eine halbe Stunde zu früh dran, denke ich, als ich aus dem Taxi steige. Vor mir liegt das riesige Anwesen der Familie Blomberg. Hier habe ich mich beworben. Und wenn alles gut geht, werde ich die nächsten Jahre hier verbringen. Mit Pferden und hoffentlich lieben Menschen und einem weißen Holzzaun drum herum, so wie ich es mir in meinen Träumen vorgestellt hatte. Der Weg zum Haupthaus ist gesäumt von hohen Platanen, und ich setze mich auf eine Bank. In der herbstlichen Mittagssonne hat sich der unverkennbare Duft von Gras und Pferden entfaltet, und ich atme so tief ein, als sei es mein letzter Atemzug, bevor ich das Handy aus meiner Handtasche ziehe. Vickys Handy. Ich halte es so vorsichtig in meinen Händen, als sei es Mutters verletzliches Biskuitporzellan aus der Vitrine. Als ich den Homebutton drücke, sehe ich drei Anrufe von Markus. Das muss er sein, Markus heißt er, dieser gutaussehende Mann. Das Handy ist nicht gesperrt, das erkenne sogar ich, die nur über so ein billiges Prepaid-Handy verfügt und sich mit diesen Dingern gar nicht beschäftigt. Oh mein Gott. Was habe ich nur getan? Während dieses fraglichen Moments vibriert es. Markus ruft an. Sein Gesicht lächelt mir voller Erwartung entgegen. Mein Herz rast ungemütlich. Ich drücke den Anruf weg und angsterfüllt lasse ich Markus in meiner Tasche verschwinden.

VICKY

Auf einer der versteckten und heruntergekommenen Bänke im Schlosspark lässt Vicky sich nieder. Es ist kurz vor Mittag, und niemand ist in ihrer Nähe zu sehen. Sie wiegt sich in Sicherheit. Entschlossen nimmt sie ihre Perücke aus dem Rucksack hervor und zieht sie über ihre blonden Haare. Üppige Rabatten mit blauem Eisenhut, gesäumt von blühenden Rosen, Beete mit Oleander und Dahlien schmücken den Park. Eine Viertelstunde später verlässt sie mit einem gepflegten schwarzen Pagenkopf das Gelände und läuft einen schmalen Pfad entlang hinunter ans Flussufer der Werse. Bestimmt wird sich niemand daran erinnern, dass sie mit einigen anderen Wandertouristen auf der Terrasse des kleinen Lokals gesessen und gegessen hat. Sie bestellt sich ein kleines Bier zum Schinkenomelett und denkt darüber nach, wo sie die Nacht verbringen könnte. Zunächst müsste sie sich auf die Suche nach einem kleinen Appartement machen. Im Zug hatte sie schon nachgeschaut und gesehen, dass es keine Tourist-Information gibt.

Am Tage waren ihre Ängste kaum aufgeschwollen. Viel zu sehr musste sie sich auf einen Schritt nach dem anderen konzentrieren. Zum Glück hatte sie ein Vermietungsbüro entdeckt, und als sie am Abend in dem zwanzig Quadratmeter großen Appartement auf dem breiten Bett liegt, von einer dicken Schicht Einsamkeit umgeben, packt sie die Panik. Markus fehlt ihr so sehr. Sie kann niemanden anrufen oder sich jemandem anvertrauen, sonst wäre sie entweder tot oder im Gefängnis. Sie braucht dringend einen Plan.

KLARA

Ich, Klara Winter, bin nun in Stellung als Pferdewirtin auf einem renommierten Reiterhof im Münsterland. Eigentlich hatte ich schon in der vergangenen Woche eine feste Zusage für die Stelle erhalten, aber nachdem mich die Familie Blomberg persönlich kennengelernt, und mich so herzlich aufgenommen hat, bin ich mir ganz sicher und vor allem überglücklich, dass ich hier für die nächsten Jahre sesshaft und auf dem Gut leben kann. Mein Zimmer ist riesig, liegt im Erdgeschoss und über eine kleine Terrasse gelange ich direkt in den Hof zu den Pferden. Ich habe mit diesem Job eine hohe Verantwortung übernommen. Es sind kostbare Reitpferde, deren Pflege und Aufzucht nun mir obliegen. Am Ersten, fange ich an. Vorher werde ich einkaufen und mich hier gemütlich einrichten. Aber was mache ich mit Markus? Erstaunlich schnell schwinge ich meinen Körper aus dem Sessel heraus und suche nach dem Handy. Oh, je, eine Sprachnachricht! Liebes, warum meldest du dich nicht? Wie geht es deiner Schwester? Und bist du gut angekommen? Es hat jemand nach dir gefragt. Eine Frau. Ich mache mir Sorgen. Ich liebe dich.

Jetzt hat dieser Markus auch noch eine Baritonstimme, …wie sexy. Nicht zum Aushalten. Und, ich liebe dich, hat er gesagt. Ich werde ihm jetzt etwas schreiben. Aber was? Ich könnte schreiben, dass ich heiser bin und deshalb nicht mündlich antworte. Wenn ich wüsste, wie Vickys Schwester heißt, und was ihr fehlt. Ich bin zu feige und beschließe, nicht zurück zu schreiben und lasse das Handy in die Schublade meiner neuen Kommode verschwinden.

VICKY

Wie sehr hatte ich meine Arbeit und meine Kollegen in Itzehoe geschätzt. Tom war einer unserer Besten im Verkauf von Immobilien. Manchmal habe ich mich gefragt, wie er immer der Erste sein konnte, der von einem Objekt erfuhr. Bella, meine Chefin, sagte des Öfteren, er habe halt seine Masche.

Als ich an dem späten Nachmittag im April nochmal ins Büro gefahren war, weil ich das Exposé für die Besichtigung mit meinem Kunden vergessen hatte, sah ich Bella. Das schien mir gleich ungewöhnlich, um diese Uhrzeit. Sie saß bei einer dampfenden Tasse Tee im Büro und telefonierte. Sie fühlte sich offensichtlich von mir ertappt, als sie mit Tom über einen Auftrag sprach. Auf meine Ohren kann ich mich wirklich verlassen, und ich hörte ganz genau, wie sie zu ihm sagte. Der kann jetzt nicht mehr aussteigen. Biete ihm unbedingt mehr Geld an! Der hat sich doch sonst nicht geziert, die Alten von der Welt zu spritzen.

Ich stand zunächst wie erstarrt im Gang des gläsernen Großraumbüros, bis Bella mich plötzlich bemerkte. Ich wollte schnell zurückgehen, doch sie hielt mich energisch zurück. Ihr Blick wurde höllentief, und sie überzeugte mich, dass ich in der Angelegenheit fest mit drin hinge. Und wenn ich zur Polizei ginge, sei ich ebenso geliefert, dafür würde sie sorgen. Sie hat mir eine derartige Angst eingejagt, dass ich mir gewünscht hätte, sie würde auf der Stelle tot umfallen, was bei ihrem Herzleiden nicht ungewöhnlich gewesen wäre.

Meine Aufgabe hatte grundlegend nur darin bestanden, die Interessenten durch die Wohnungen zu führen, um ihnen ihr eventuell zukünftiges und schönes Zuhause schmackhaft zu machen. Zu neunundneunzig Prozent ist mir das auch gelungen. Ganz gleich, ob Paare oder Singles, wenn sie mit einem Lächeln auf den Lippen das Objekt nach der Besichtigung verließen und sich in ihren Augen die Vorfreude auf ein neues Heim spiegelte, erzeugte das in mir selbst eine tiefe Zufriedenheit. Von den Schicksalen der Menschen, die vorher in den Häusern oder Wohnungen gelebt hatten, hatte ich nicht die blasseste Ahnung. Bella und Tom hatten wohl schon länger meine Naivität für ihre Intrigen genutzt, und viel zu spät hatte ich erkannt, dass die beiden ein kriminelles Netzwerk unterhielten. Ich fühlte mich augenblicklich so bedroht, dass ich meinen Termin einfach sausen ließ. Mein Kostüm war schweißnass und ich zitterte noch immer, als ich den Schlüssel ins Schloss zu meiner Wohnung steckte. Wie benebelt packte ich meinen Koffer, um am nächsten Morgen die Stadt zu verlassen. Ich fühlte mich gejagt und beschloss in ein anderes Leben zu fliehen. In ein unbekanntes.

An dem Morgen, als ich Bella unverhofft in Markus´ Café antraf, dachte ich, das könnte nun auch mein Todesurteil sein. Sie war nicht überrascht mich zu sehen, bestellte wie immer ihren blöden Tee und sagte, dass sie mich sprechen müsse. Sie hatte mich gefunden, und da musste ich Markus so schnell wie möglich verlassen. Als Mitwisser könnte er ebenso in Gefahr geraten. Ich bin unendlich traurig. Und das lässt sich kaum aushalten.

KLARA

Sonnenstrahlen dringen durch die Vorhänge meiner neuen Bleibe. Mein bis obenhin zugeknöpfter Schlafanzug ist mir viel zu warm, und ich schwitze unter meiner Bettdecke. Vielleicht auch, weil mich verzweifelte Gewissensbisse seit dem Aufwachen plagen und mir den Tag verderben könnten. Ich setze mich auf die Bettkante. Eigentlich zwingt mich meine strenge Erziehung, die Missverständnisse endlich aufzuklären. Doch was geschieht, wenn ich den Markus anrufe? Bringe ich Vicky damit in Gefahr? Stalkt Markus sie? Habe ich mich bereits strafbar gemacht, indem ich das Handy genommen und darin gelesen habe? Doch diese Frage kann ich mir eigentlich schon selbst beantworten. Ich habe das Handy gefunden und wollte nur prüfen, wem ich es zurückgeben muss. Wenn auch sehr spät. Wenn ich jetzt zur Polizei gehe, wird es kompliziert. Für Verhöre will ich keine Zeit verschwenden. Nein, ich will diesen Markus sprechen. Jetzt oder nie. Fest entschlossen ziehe ich die Vorhänge zurück, und die Schublade der Kommode auf. Ich tippe auf Markus und sein Gesicht erscheint im Licht meiner Morgensonne. Mir wird noch wärmer.

„Vicky! Endlich!“ höre ich seine erleichterte Baritonstimme.

„Nein, hier ist nicht Vicky. Tut mir leid. Ich bin Klara, und ich habe das Handy gefunden.“

„Ach du je! Wo haben Sie es denn gefunden?“

Ich sage nur. „Im Zug,“ weil ich sonst Vickys Geheimnis verraten würde.

„Wo denn im Zug? Wie war noch Ihr Name?“

„Klara, Klara Winter. Ich habe es in dem Zug nach Münster gefunden. Wo wohnen Sie denn? Markus, ist Ihr Name, nicht wahr?“

„Ja, ich bin wirklich in Sorge um meine Freundin. Ich betreibe ein Café hier in Paderborn in der Liboristraße 124, Markus’ Café…“

„Okay, Markus. Ich wohne seit gestern in der Nähe von Münster, und habe hier eine Stellung angenommen. Fahre heute aber nochmals wegen einiger Formalitäten und Erledigungen nach Paderborn zurück. Soll ich Ihnen das Handy ins Café bringen?“

„Das würden Sie tun?“

„Ja, gerne.“ Und ich bin raus aus der Nummer, dachte ich.

„Vielen Dank, Klara.“

„Okay, dann sehen wir uns heute Nachmittag.“ Erleichtert lasse ich meinen Arm aufs Bett sinken. Hab´ ich ein Date?

VICKY

Um die gleiche Zeit am Morgen schlüpft Vicky in ihre Jeans. Sie hatte sich die halbe Nacht im Bett hin und her gewälzt und gedanklich an einem todsicheren Plan gearbeitet. Es gilt, keine Zeit zu verlieren, und so ist sie um acht Uhr schon unterwegs und läuft durch die Innenstadt. Sie beißt dabei hungrig in ein Brötchen, das mit westfälischem Schinken belegt ist. Den großen leeren Trinkbecher von ihrem Kaffee-to-go steckt sie in ihren Rucksack. An einem Zeitungskiosk kauft sie sich die Westfälische Allgemeine und als sie geht, spürt sie den begierigen Blick des Verkäufers in ihrem Nacken. Heute ist Markttag in Drensteinfurt. Am Gemüsestand entscheidet sie sich für ein paar Limonen, Zitronenmelisse und Ingwer. Eine Saftpresse hatte sie in ihrem Apartment bereits entdeckt. Sie schlendert weiter über den Marktplatz und wundert sich über eine Telefonzelle. Es muss wohl die letzte ihrer Art sein, denkt Vicky. Und tatsächlich. Es hängt eine Info über dem Hörer. Auch diese Telefonzelle wird im November 2023 außer Betrieb genommen. Vicky sieht darin sofort eine Chance, Bella zu kontaktieren, ohne Risiko, eine Telefonnummer und ihren Standort preiszugeben. Ein Zufall, der ihrem Plan sehr entgegen kommt. Sie kramt in ihrem Rucksack nach ihrem Notizbuch, in dem sie sämtliche Handynummern notiert hat. Das Wechselgeld vom Bäcker würde für ein Telefonat ausreichen.

„Immobilien Itzehoe, Bella Stein?"

Vickys Herz rast vor Aufregung. Sie versucht straight heraus zu klingen. Bloß keine Angst zeigen. Jetzt bestimmt sie die Regeln, sonst würde ihr Plan nicht aufgehen.

„Hallo Bella, hier ist Vicky. ...Neulich im Café sagtest du, dass du mich sprechen willst. Ich habe nachgedacht. Machen wir es kurz. Ich mache dir einen Vorschlag, dafür müssen wir uns treffen.“ Vicky wusste, welchem Risiko sie sich dabei aussetzen würde, aber sie wollte endlich wieder ohne Angst leben können.

„Vicky!... Das ist sehr vernünftig von dir. Aber, wann?

„Heute!“

„Heute? ...Erst verschwindest du einfach, und dann hast du es so eilig?“

„Ja heute! ... Es ist jetzt neun. Wir treffen uns um fünfzehn Uhr in Drensteinfurt. Da gibt es einen Schlosspark. Ich werde dann auch dort sein. Egal wo du jetzt bist. Das kannst du schaffen. Ich werde auf einer Bank auf dich warten. Und noch etwas. Ich habe mich abgesichert. Machst du Probleme, wird die Polizei eingeschaltet. Ist das klar?“

„Ja, ich werde da sein.“

„Und allein, Bella! Also, bis heute Nachmittag.“

Behutsam legt Vicky den Hörer zurück auf die Gabel. Sie zittert am ganzen Körper. Sie denkt an Markus. Sie kann aber erst wieder zurück zu ihm, wenn sie frei ist.

Vicky ist erleichtert, dass Bella auf ihre Forderung eingegangen ist. Wieder schlendert sie durch den Park zurück, um sich die Begebenheiten genau einzuprägen. Nur ein Hundebesitzer kreuzt ihren Weg. Sie setzt sich wieder auf eine Bank. Wartet, dass sie niemand beobachtet. Eine halbe Stunde später verlässt sie den Schlosspark mit einem Strauß blauer Blumen, eingewickelt in Zeitungspapier.

MARKUS

Als Klara am Nachmittag Markus Café betritt, dreht er das Schild an der Tür herum, Geschlossen. Er bietet ihr Kaffee an, und sie isst genüsslich das knackige Baguette dazu, was er ihr angeboten hat. Währenddessen checkt Markus Vickys Handy. In seinen feinen Gesichtszügen erkennt Klara die tiefe Besorgnis um seine Freundin.

„Die Anrufe mit der geheimen Nummer sind gelöscht.“, flüstert er, mehr zu sich selbst und schaut weg, zur Tür. Klara soll seine feuchten Augen nicht sehen. Doch auf dem schmalen Bistrostühlchen bietet er ihr mit seinen übereinander geschlagenen Beinen nur noch ein Bild der Kümmernis. Sie empfindet tiefes Mitleid mit Markus, und doch genießt sie den Moment, hier mit ihm zu sitzen. Sie lässt Markus nicht aus ihren Augen. Vorsichtig legt sie ihre Hand auf seine.

„Vielleicht will sie gar nicht, dass Sie sie finden. Vielleicht will sie einfach verschwinden. Sie hätte doch andere Optionen, Sie zu kontaktieren, …wenn sie das wirklich wollte, meine ich.“

Markus schaut auf. Seine Augen lassen ein paar Tränen los, und Klara sieht, wie müde Schatten sie umgeben.

„Mit ihr konnte ich mir Leben vorstellen. Ich kenne ihren Duft, wenn wir gemeinsam aufwachen. Sie hatte keinen Grund einfach so zu verschwinden. Bis morgen warte ich, ob sie sich meldet. Dann schalte ich die Polizei ein.“

Klara war nicht bereit, ihm dieses Stückchen Hoffnung auf ein Wiedersehen mit seiner Freundin zu nehmen. Sie gibt ihr Wissen nicht preis, dass Vicky das Handy im Zug in den Mülleimer geworfen hatte. Nein, dieser Mann ist kein

Stalker. Sie fühlt, dass sie die richtige Entscheidung getroffen hat, auch wenn es tausend Gründe geben kann, warum Vicky sich verstecken wollte. Ob Liebesgeschichte, Krimi oder Drama, Klara Winter wird in diesem Stück keine Schicksalsrolle mehr spielen. Sie steht auf und reicht Markus die Hand, und in diesem Moment wünscht sie sich nichts lieber, als auch einmal einen Mann zu finden, der sie so sehr liebt.

„Markus, ich wünsche Ihnen von Herzen, dass sich alles zum Guten wendet. Gerne komme ich mal wieder auf einen Kaffee vorbei.“

VICKY & BELLA

Vicky stellt den Wasserkocher an, wickelt die Blumen aus dem Papier und presst die Limonen aus. Sie nimmt Zucker aus dem Schrank, um die Bitterkeit ihres Pflanzenkonvoluts zu entschärfen und zerkleinert sämtliche Zutaten mit dem Hackmesser. Zufrieden befüllt sie ihre beiden Trinkflaschen und packt ihren Rucksack. Sie beseitigt ihre Spuren, und als sie das Apartment verlässt, um ihre Übernachtung nebenan im Vermietungsbüro zu bezahlen, denkt sie darüber nach, dass sie sich hoffentlich keine andere Bleibe suchen muss, falls ihr Plan nicht aufgehen sollte.

Eine halbe Stunde vor der vereinbarten Zeit sitzt Vicky wieder auf ihrer ausgewählten Bank, die ohne Hinterhalt. Dahinter steht eine hohe Mauer, sodass ihr niemand in den Rücken fallen könnte. Sie schaut auf die Uhr, packt ihre blaue Thermoskanne aus und schüttet sich Tee in den Becher. Dann steckt sie sie zurück in den Rucksack.

Ein paarmal schaut Bella unsicher hin und her, dann entdeckt sie Vicky. „Sag, mal, was soll denn diese Verkleidung, mit der Perücke? Ich hätte dich bald nicht erkannt."

„Ich habe meine Gründe dafür, setz dich!" Wenn Bella jetzt eine Pistole aus der Tasche ziehen würde, wäre ich erledigt, denkt Vicky. Aber sie setzt sich tatsächlich neben sie.

„Vicky, hör du mir bitte erst zu. Ich wollte dir das am Telefon nicht sagen. … Tom ist tot."

„Was?" Vicky schaut entsetzt zu Bella. „Hast du ihn etwa umgebracht?"

„Nein, natürlich nicht, … er hat sich das Leben genommen.

Es tut mir alles so leid Vicky, ich wollte dich nicht bedrohen. Ich weiß, du bist eine ehrliche Haut, und ich möchte, dass wir weiter zusammenarbeiten. Vergiss einfach, was du gehört hast."

So ein Schmalz, denkt Vicky. Das glaube ich ihr nicht. Sie versucht sich zu beherrschen, denn sie mochte Tom.

„Das ist nicht dein Ernst, Bella. Du denkst nur an deine Karriere, mit allen Mitteln, aber glaube mir, daran kannst du dich nicht wärmen." Sie macht eine Pause und schaut Bella in ihr ewig blasses Gesicht. „Möchtest du einen Tee? Ich habe, glaube ich noch einen Becher in der Tasche." Sie wühlt in ihrem Rucksack herum und zieht den Kaffee-to-go- Becher, den sie am Morgen eingesteckt hatte und ihre gelbe Trinkflasche heraus.

„Oh, du hast Tee dabei, …"

„Ja, es wird langsam kalt in Deutschland."

„Wohnst du jetzt hier?"

Vicky schüttet ihr den Becher bis oben hin voll. „Das geht dich nun wirklich nichts mehr an, Bella. Ihr habt Euch beide strafbar gemacht. Das war ganz klar Mord! Ich will, dass du mir eine Kündigung aufgrund von Arbeitsverweigerung rückwirkend von vor einem halben Jahr unterschreibst, und ich verspreche dir, niemandem etwas von Euren Machenschaften zu erzählen."

Bella umschließt den Becher mit ihren kalten Händen.

„Bisschen bitter dein Tee."

„Ja, war vorher Kaffee im Becher, stell dich nicht so an, Hauptsache er wärmt. Also, was sagst du?" Vicky lässt ihr keine Zeit. Sie zieht ein Schriftstück aus ihrer Tasche und lässt Bella nicht aus den Augen.

„Sollte ich morgen nicht in dem Café erscheinen, geht automatisch eine Nachricht an die Polizei.“ Sie hatte sich alles genau überlegt, sich doppelt abgesichert. Niemand wird später auf diesen Ort kommen, wenn Bella nach ein paar Stunden mit ihrem Auto weit weg von Drensteinfurt sein wird. Und ich auch.

Bella lehnt sich zurück. Vicky weiß, dass die Wirkung erst später einsetzt, aber sie glaubt, dass Bella nun noch blasser aussieht.

„Weißt du Vicky, ich kann das alles nicht mehr alleine schaffen. Vielleicht gebe ich den Laden doch ganz auf.“

„Was ist mit dem Typen, der Euer Handlanger war?“

„Der ist untergetaucht.“

Vicky hält ihr die Kündigung und einen Stift unter die bleiche Nase. „Los, ich habe noch einen Termin, Bella. Das ist unser beider Chance. Unterschreib!“

Bella unterschreibt und erhebt sich sogleich von der Bank. Sie legt ihre Hand auf ihr Herz und drückt leicht dagegen, so wie sie es schon des Öfteren getan hat, wenn sie die Stiche plagen.

„Du solltest dich wirklich aus dem Geschäft zurückziehen, Bella. Wo hast du dein Auto stehen?“

„Gleich um die Ecke.“

„Ich denke, dass sich unsere Wege hier trennen, Bella. Wir werden uns garantiert nicht wiedersehen, weder in der Immobilienbranche noch vor Gericht. Und danke, dass du es eingesehen hast.“

„So soll es sein.“ Die beiden schauen sich ein letztes Mal in die Augen. Dann verlässt Bella den Park.

VICKY & MARKUS

Um 16.23 Uhr steigt eine Blondine mit einem schweren grünen Rucksack in den Zug nach Paderborn. Kurz vor 18.00 Uhr betritt sie das Café in der Liboristraße. Sie ist völlig durchnässt und mit dem ihm vertrauten Duft fällt sie Markus in die Arme. Er legt ihr eine Decke um, und er schaut sie fragend an.

„Schau mich nicht so an, Markus. Ich war keine sechsunddreißig Stunden weg. Ich habe mein Handy verloren und war so heiser, dass ich nicht sprechen konnte.“ Sie hatte sich ein Tuch dick um den Hals gebunden und versuchte, so heiser wie möglich zu klingen.

„Was ist mit deiner Schwester?“

„Wir vertragen uns nicht, und sie braucht mich auch nicht. Das Kapitel Felicitas ist endgültig abgeschlossen.“

„Vicky, ich habe mir Sorgen gemacht und wollte morgen zur Polizei gehen…“.

„Es tut mir so leid, Markus, dass ich mich nicht gemeldet habe, aber es war einfach nicht möglich.“

„Dein Handy ist im Zug gefunden worden.“

„Oh.“

Noch bevor Markus seine ersten Kunden am Morgen im Café erwartet, deckt er liebevoll einen Tisch für zwei. Der Zeitungsbote klopft und bringt die Westfälischen Nachrichten. Vicky kommt die Treppe herunter und setzt sich zu Markus. „Schön, dass du wieder da bist, Vicky.“

„Ja, ich hätte gar nicht fahren sollen.“ Sie lächeln sich an, und beiden ist die Erleichterung anzusehen. Die Zeitung liegt auf dem Tisch und ihr Blick fällt auf die Titelseite.

Schwerer Verkehrsunfall auf der A 1 hinter Lengerich. Eine Fünfzigjährige ist aus ungeklärter Ursache von der Fahrbahn abgekommen und in eine Leitplanke gefahren. Sie war auf der Stelle tot.

Da ist sie ja nicht mehr sehr weit gekommen, denkt Vicky und nimmt Markus Hand. „Danke, dass es dich gibt. Ich liebe dich. Sie trinkt ihren Kaffee, geht hinauf in ihr Schlafzimmer und zerreißt die Kündigung.

Autorin
Ulrike Schinzel

Mein Name ist Ulrike Schinzel, geboren in Frankfurt/Oder und lebe heute mit meiner Familie in Mengeringhausen. Schon in meiner Jugend entdeckte ich die Leidenschaft für das Schreiben und begann erste Geschichten zu verfassen. Mein kreatives Talent fand früh Ausdruck, doch erst später widmete ich mich intensiver dem Schreiben und kann nun mit meiner Kurzgeschichte "Für dich" in diesem Band mein erstes Werk veröffentlichen.

Für dich

Von Ulrike Schinzel

„Das wird so gut!“, sagte Gretchen und klatschte auf der Rückbank vor Freude in die Hände. Thea lächelte neben ihr und nickte zustimmend. „Wie lange fahren wir noch?“, fragte Marie, die auf dem Beifahrersitz neben Isabella saß. „Ungefähr noch dreißig Minuten“, antwortete diese.

Es war Freitagmittag und die vier Freundinnen waren auf dem Weg in ein entspanntes Wochenende in den Bergen in das Ferienhaus von Isabellas Eltern. Es war bereits Ende Februar, aber an ihrem Zielort lag noch jede Menge Schnee und es war noch mehr angesagt für das Wochenende.

Fast exakt dreißig Minuten später fuhren sie vor. Marie bestaunte die zweistöckige Holzhütte. Isabella lenkte den Wagen in die geräumige Garage, nachdem sich das elektrische Tor geöffnet hatte. Bereits hier wurde deutlich, dass es sich nicht um eine einfache Holzhütte, sondern um eine Luxusimmobilie handeln musste. Im hinteren Teil der Garage war eine Tür zu sehen, durch die man direkt in den Wohnbereich gelangte.

Aufgeregt stiegen die jungen Frauen aus, nahmen ihre Sachen und machten sich auf den Weg, das Haus zu erkunden. Gretchen und Isabella stürmten lachend direkt in die obere Etage zu den Schlafräumen.

Marie blieb vor der riesigen Fensterfront stehen und blickte auf den großen Wald, der sich unter ihr erstreckte und dessen Baumwipfel mit Schnee bedeckt waren. Verträumt spielte sie an einer ihrer blonden Strähnen, als sich Thea neben sie stellte. „Ist der Ausblick nicht der Wahnsinn?“ Thea zuckte mit den Schultern und starrte mit leerem Blick nach draußen. „Ist alles okay bei dir? Du bist seit Tagen so still und ziehst dich zurück. Oder hat Bella wieder irgendetwas gesagt?“, fragte Marie mit besorgtem Blick.

Thea wollte gerade antworten, als ein lauter Schrei sie herumfahren ließ. Schnell rannten Marie und Thea die Treppe neben der offenen Küche nach oben. Alles war still. Marie und Thea schauten sich mit gerunzelter Stirn an.

In diesem Moment erfüllte lautes Lachen den Raum. Marie fing an zu grinsen und ging auf die Tür zu. Thea verdrehte die Augen und folgte ihr. In dem Zimmer sprangen Isabella und Gretchen übermütig auf einem großen Bett hoch und runter.

„Das ist mein Zimmer!“, rief Isabella. Ihre Lache erfüllte den kompletten Raum.

Thea stand im Türrahmen und beobachtete Isabella und Gretchen, die immer noch das Bett als Trampolin missbrauchten. In ihren Augen blitzte Eifersucht. „War ja klar, dass du wieder das größte Zimmer hast!“, sagte sie. Spöttisch lächelte sie Isabella an. Diese sprang vom Bett und baute sich vor Thea auf. „Bist du eifersüchtig, weil wir in meinem Bett so viel Spaß haben?“ Gretchen riss die Augen auf und hörte abrupt mit dem Hüpfen auf. Äußerlich blieb Thea ruhig, doch Isabella konnte sehen, dass sie ihren Kiefer aufeinanderpresste. Marie schob sich zwischen die beiden: „Was haltet ihr davon, wenn wir alle Zimmer zusammen anschauen und gemeinsam überlegen, wer wo schläft?“ Keine sagte etwas. Thea und Isabella starrten sich feindselig an.

Gretchen ergriff zuerst das Wort: „Also mich stört es nicht, wenn Bella das größte Zimmer hat. Immerhin ist es nun mal ihres. Und wir drei werden uns doch einigen." Sie und Marie tauschten unsicher Blicke aus.

„Ich denke", begann Isabella, ohne den Blick von Thea zu nehmen, „das Zimmer gegenüber sollte Marie nehmen. Somit könnt ihr die anderen beiden Zimmer nehmen." Gretchen war mittlerweile neben Thea getreten und legte ihr beruhigend eine Hand auf den Arm. „Von mir aus", sagte Thea. Sie biss die Zähne zusammen und wandte sich zum Gehen ab.

Die vier jungen Frauen waren bereits viele Jahre befreundet. Auch wenn sie sich nicht immer einig waren. Besonders Thea und Isabella krachten regelmäßig aneinander. Oft mussten Gretchen und Marie vermitteln.

„Musste das sein?", zischte Marie Isabella zu.

„Beruhige dich, das war doch nur Spaß. Außerdem habe ich das auch für dich gemacht!"

Sie zwinkerte Marie zu, die sie nur schockiert ansah. „Du willst mir doch nicht erzählen, dass du noch nicht bemerkt hast, was, oder besser, DASS etwas zwischen Gretchen und Thea läuft?!"

Marie schaute Isabella immer noch schockiert mit großen Augen an.

„Ach komm, Marie, so naiv kannst nicht einmal du sein!" Daraufhin drehte Isabella sich um und ging wieder auf das große Bett zu. Sie setzte sich an die Bettkante, überschlug die Beine und nahm ihr Handy in die Hand.

Marie verließ das Zimmer und steuerte den gegenüberliegenden Raum an. Sie betrat ihr Domizil für das anstehende Wochenende, schloss hinter sich die Tür und lehnte sich mit dem Rücken dagegen. Mit den Händen fuhr sie sich erschöpft durch die Haare und atmete ein paar Mal tief durch.

Etwas später hatten alle ausgepackt. Die vier Freundinnen standen in der offenen Küche um die Kochinsel versammelt. Thea öffnete eine weitere Flasche Wein und goss allen etwas ein. Der Streit war vorerst vergessen.

„Stoßen wir an!“, sagte Gretchen und hielt lächelnd ihr Weinglas in die Mitte. „Und worauf?“, fragte Thea und führte ihr Glas zu Gretchens. „Auf uns und ein entspanntes Wochenende!“, rief Marie.

„Ich glaube, unser Sonnenschein hatte genug Wein“, sagte Gretchen und lachte.

„Ich genieße nur die Zeit mit meinen besten Freundinnen“, antwortete Marie und schmollte, musste dann aber auch lachen. „Endlich mal Zeit mit euch, ohne eure Männer und die ganzen Beziehungsdramen“, redete sie weiter. Der Wein hatte ihre Zunge gelockert und sie lallte bereits leicht.

Das Lachen verstummte. Gretchen sah Marie an und sagte mit zuckersüßer Stimme: „Wenn du dich von meinem Freund fernhalten würdest, gäbe es gar kein Drama. Zumindest nicht zwischen Jakob und mir!“ Marie schaute Gretchen ertappt an und öffnete den Mund, um etwas zu erwidern. Doch dann schloss sie ihn wortlos wieder und schaute betreten nach unten.

„Ja, genau, als wenn Marie das Problem wäre“, mischte sich Isabella ein.

„Das reicht jetzt!“, rief Thea dazwischen. Alle schauten sie erschrocken an. „Wir wollen uns ein entspanntes Wochenende machen. Ist es möglich, dass wir uns die nächsten 48

Stunden mal nicht anzicken und uns wie Erwachsene benehmen?“ Immer noch starrten alle sie an.

„Gretchen hat angefangen“, murmelte Isabella und schmollte. Gretchen und Thea wandten sich ihr zu und hoben synchron eine Augenbraue. Marie fing daraufhin an zu kichern. Isabella musste auch lachen und versprach: „Okay, sorry! Ich werde mich benehmen.“ Wie zum Beweis hielt sie zwei Finger, wie bei einem Treueschwur, nach oben. Thea nickte und versuchte ihr Gähnen zu unterdrücken. „Ich glaube, es ist für uns alle Zeit, ins Bett zu gehen“, sagte Gretchen und lächelte Thea an, die selig zurück lächelte. Isabella stupste ihren Ellenbogen gegen Marie, um sie auf die Situation aufmerksam zu machen. Doch Marie verlor auf Grund des Alkohols das Gleichgewicht und stolperte zur Seite. Thea und Gretchen rissen ertappt die Köpfe herum.

„Was?“, motzte Thea Isabella an. „Ich habe überhaupt nichts gesagt“, antwortete diese und hob beschwichtigend die Hände. Die beiden funkelten sich böse an.

„Seit wann haben Gretchen und Thea Zwillinge?“, sprach Marie dazwischen, die in ihrem betrunkenen Zustand anfing doppelt zu sehen. Gretchen und Isabella mussten lachen, Thea warf weiterhin böse Blicke in die Richtung von Isabella. Diese schlang jetzt Marie einen Arm um die Hüfte, um sie zu stützen.

„Komm mit, Trinkerbell, bringen wir dich ins Bett!“ Isabella und Marie stapften die Treppe hoch.

Thea und Gretchen blieben allein in der Küche zurück. Vorsichtig legte Gretchen ihre Hand auf die von Thea. Doch sie riss sie sofort weg und fing an, die Gläser wegzuräumen. „Pass auf, nicht, dass uns noch eines der Mädels erwischt!“, sagte Thea mit deutlichem Schmerz in der Stimme. „Thea, bitte!“, erwiderte Gretchen mit flehender Stimme. „Weißt du“, Thea drehte sich plötzlich um und zeigte mit dem Zeigefinger auf sie, „Isabella hat nicht ganz Unrecht. Marie ist nicht unbedingt das Problem in deiner Beziehung. Hast du das mal in Betracht gezogen?“

„Sie flirtet ständig mit Jakob!“, rechtfertigte sich Gretchen.

„Erstens stimmt das überhaupt nicht. Marie ist einfach Marie! Sie ist nun einmal immer lieb und nett zu den Menschen in ihrem Umkreis. Und zweitens: Was interessiert es dich? Du betrügst Jakob mit mir!“

„Pssst!“ Gretchen legte ihre Hand auf Theas Mund. Thea schob die Hand wütend an die Seite.

„Nur, weil du es nicht aussprichst, ist es nicht weniger wahr!“, sagte Thea mit leiser, aber immer noch wütender Stimme.

„Was soll ich denn machen? Ihr seid mir nun einmal beide wichtig!“, entgegnete Gretchen mit zitternder Stimme.

„Früher oder später musst du dich entscheiden. So kann und will ich nicht weitermachen. Sind wir allein, halten wir Händchen, küssen uns, haben Sex. Sobald jemand auch nur einen Verdacht haben könnte, schubst du mich beiseite. Was meinst du, wie ich mich dabei fühle? Oder wenn ich dir und Jakob zuschauen muss, wie ihr Händchen haltet oder euch küsst. Das ist nicht fair! Du kannst uns nicht beide haben. Entweder du triffst eine Entscheidung, oder ich mache das!“ Thea war enttäuscht. Es fiel ihr schwer, sich von Gretchen fernzuhalten. Dennoch wusste sie auch, dass es so nicht weitergehen konnte.

Sie wartete einen Moment auf eine Reaktion.

Als nichts kam, drehte sie sich um und ging kopfschüttelnd und enttäuscht die Treppen zu den Schlafzimmern nach oben. Gretchen schaute ihr hinterher und ließ ihren Tränen freien Lauf. Sie wusste nicht weiter. Jakob war ihr wichtig und sie wollte ihn nicht Marie überlassen. Dem lieben Mäuschen, der man nicht böse sein konnte. Doch Thea war einer der wichtigsten Menschen in ihrem Leben. Was die beiden hatten, war etwas Besonderes. Doch dazu stehen konnte sie einfach nicht. Noch nicht. Weinend vergrub sie ihr Gesicht in ihren Händen.

Im oberen Stockwerk versuchte Isabella Marie ins Bett zu bekommen, damit diese ihren Rausch ausschlafen konnte. „Kannst du mal mithelfen?", fragte sie Marie, als sie versuchte, ihr den Pulli über den Kopf zu ziehen. „Ich stecke fest", kam es schluchzend darunter hervor. Isabella zog noch einmal fester, hielt dann den Pullover in der Hand und Marie fiel nach hinten auf ihr Bett.

„Hey, warum weinst du?" Isabella setzte sich neben Marie und strich ihr liebevoll über die Wange.

„Ach, Bella, warum will ich den einen Jungen, den ich nicht haben kann? Den ich nicht haben darf?" Maries Lallen war nun deutlich zu hören.

„Nein, so darfst du nicht denken", erwiderte Isabella. „Es ist sein Pech, dass er nicht checkt, was für eine tolle Frau du bist! Und vor allem ist er ein Idiot, dass er nicht kapiert, was seine Freundin abzieht."

„Ach komm, du bist doch auch nicht besser! Du hast Paul auch betrogen! Und ich weiß nicht einmal mit wem."

Isabella verdrehte die Augen.

„Darum geht es jetzt aber nicht." Marie krabbelte in die Mitte des Bettes und Isabella deckte sie zu.

„Trotzdem, Bella. Du -"

„Ich weiß. Aber jetzt geht es um dich! Du bist der wichtigste Mensch in meinem Leben. Du weißt, dass ich mit den anderen beiden nicht mal befreundet wäre, wenn du es nicht wärst. Und du bist zur Zeit unglücklich. Ach was, seit Ewigkeiten..."

„So lang jetzt auch nicht", unterbrach Marie Isabellas Monolog. Diese sah sie skeptisch an und redete weiter: „Wie auch immer. Ich verspreche dir, ich finde einen Weg, wie du wieder glücklich wirst!"

„Wir!"

„Was?"

„Wir finden einen Weg! Du und ich, für immer", sagte Marie, lächelte zufrieden und schlief ein. Isabella seufzte, gab ihrer besten Freundin einen Kuss auf die Stirn und verließ das Zimmer.

Auf dem Flur traf sie Thea. Die beiden blieben voreinander stehen und sahen sich feindselig an. „Ich weiß das von dir und Gretchen", sagte Isabella mit einem arroganten Lächeln. Thea rollte mit den Augen und schnaubte: „Ich weiß nicht, was du meinst."

„Doch, ich denke, du weißt genau, was ich meine!"

„Selbst wenn..."

„Ist mir egal", unterbrach Isabella Thea. „In diesem Haus sind drei von vier unglücklich, und ich wollte ein entspanntes Wochenende!"

„Entschuldige, dass wir deine Pläne zerstört haben", antwortete Thea. Sie versuchte gar nicht erst freundlich zu sein.

Die beiden würden nie miteinander auskommen.

Isabella verdrehte die Augen, drehte sich um und ging auf ihr Zimmer zu. „Klär das einfach!“, rief sie über ihre Schulter zu Thea.

Als Isabellas Tür ins Schloss fiel, erschien Gretchen hinter Thea. „Was sollst du klären?“

„Nichts“, antwortete Thea, ohne sich umzudrehen. Gretchen atmete zitternd aus und beobachtete Thea, als sie in ihr Zimmer ging. Danach machte sie sich auf in das gegenüberliegende Zimmer und schloss als letzte ihre Tür.

In der Nacht tobte draußen ein wilder Schneesturm. Dicke Flocken wirbelten durch die Gegend. Überall war der laute heulende Wind zu hören. Hier und da klapperte etwas. Es war eine unruhige Nacht.

Thea wurde von Isabellas und Maries Lachen wach. Draußen dämmerte es bereits. Nach einer verschneiten Nacht schien es heute ein freundlicher Tag mit viel Sonne zu werden.

Sie drehte sich auf die Seite und griff nach ihrem Handy, um zu schauen, wie spät es war. Dabei stellte sie fest, dass sie keinen Empfang hatte und ihr Telefon war auch nicht voll geladen. Sie versuchte, die Nachttischlampe einzuschalten. Doch auch nach mehreren Versuchen wollte diese nicht angehen.

„Wir haben keinen Strom.“ Erschrocken fuhr Thea herum. Isabella stand mit verschränkten Armen in der Tür, direkt hinter ihr Marie, die sie schüchtern anlächelte.

„Müsst ihr euch so anschleichen?“

„Immerhin bist du jetzt wach!“, antwortete Isabella und grinste.

„Komm, wir wecken Gretchen und dann brauch ich was zum Essen!“, sagte Marie, die etwas blass aussah. Vermutlich die Auswirkungen des Vorabends, inklusive der zahlreichen Weinflaschen.

Thea schwang ihre Beine aus dem Bett. Die Heizung lief dank Notstromaggregat. Das hatten Isabellas Eltern extra einbauen lassen. Bei viel Schnee konnte schon einmal der Strom ausfallen, aber es sollte wenigstens warm bleiben.

Die drei liefen auf die Tür gegenüber Theas Zimmer zu. „Eigentlich ungewöhnlich für Gretchen. Sonst hat sie um die Uhrzeit schon ihr ganzes Sportprogramm absolviert“, sagte Thea. Die anderen beiden stimmten ihr zu.

Marie öffnete die Tür. Im Zimmer von Gretchen war es dunkel. Auf dem Bett konnte man lediglich die Umrisse einer liegenden Person erahnen. Marie ging zum Fenster, um die Vorhänge aufzuziehen. Die anderen beiden blieben an der Tür stehen und versuchten verkrampft, Smalltalk zu halten. Als die aufgehende Sonne das Zimmer erhellte, genoss Marie noch einen Moment die Aussicht.

Plötzlich stieß Isabella einen lauten Schrei aus. Ruckartig drehte sich Marie um. Alle starrten auf das Bett, auf dem Gretchen regungslos lag. Die Augen weit aufgerissen. Ihre Haut komplett weiß und fahl.

„GRETCHEN!!!!“

Thea rannte auf Gretchen zu und schüttelte sie an den Schultern. Mit zitternden Fingern versuchte sie, einen Herzschlag zu fühlen. Doch ein Puls war unter der kalten Haut nicht zu finden.

Marie erwachte aus ihrer Schockstarre und zog sie zurück. „Nicht! Wir müssen die Polizei rufen. Du darfst nichts anfassen, bis wir wissen, was hier passiert ist."

„Was hier passiert ist? Gretchen ist tot! Das ist passiert!", schrie Thea Marie an und konnte die Tränen nicht zurückhalten.

Marie und Isabella zerrten Thea aus dem Zimmer. Diese versuchte, sich loszureißen, um wieder zu Gretchen zurückzukommen.

„Thea, bitte beruhige dich! Das hat doch so keinen Sinn!", flehte Isabella unter Tränen.

Endlich konnte sich Thea losreißen und funkelte Isabella böse an: „Und was hat jetzt noch Sinn?"

Isabella ging auf Thea zu. Langsam und möglichst ruhig sagte sie zu ihr: „Komm, wir gehen erst einmal in die Küche und rufen die Polizei. Wir wissen nicht, wie das passieren konnte oder was überhaupt passiert ist. Wir sollten das wirklich der Polizei melden."

Thea atmete flach und nickte benommen mit leerem Blick. Zusammen gingen die drei die Treppe hinunter in die Küche. Keiner sagte ein Wort.

Marie nahm ihr Handy und wählte den Notruf. Der Strom war noch weg und auch Empfang hatten sie keinen.

„Zum Glück ist wenigstens der Notruf immer erreichbar", murmelte Isabella und trommelte ungeduldig mit den Fingern auf die Arbeitsplatte der Kücheninsel.

Thea lag in Embryostellung zusammengerollt auf dem großen Sofa gegenüber der offenen Küche und starrte ausdruckslos vor sich hin. Marie zitterte leicht und wartete, dass sich endlich jemand am anderen Ende der Leitung meldete. „Notrufzentrale, was kann ich für Sie tun?“

„Hallo? Hallo, unsere Freundin Gretchen liegt tot in ihrem Bett, wir wissen nicht, was passiert ist und was wir machen sollen!“ Marie redete einfach drauf los.

„Ganz langsam. Atmen Sie tief durch. Wie heißen Sie?“

„Marie. Marie Löwe.“

„Okay, Marie, wo sind Sie?“

„Im Haus meiner Freundin Isabella. Das ist in den Zapfwaldbergen 5.“

„Alles klar. Wann haben Sie ihre Freundin gefunden?“

„Gerade eben. Wir wollten Gretchen wecken und als wir in ihr Zimmer sind, lag sie da und-“ Marie konnte den Satz nicht zu Ende sprechen und bekam wieder Tränen in den Augen. Isabella stellte sich sofort zu ihr und legte ihren Arm um ihre Freundin. Hinter ihnen schluchzte auch Thea wieder.

„Was ist dann passiert, Marie?“

„Sie lag leblos auf ihrem Bett, mit offenen Augen und atmete nicht mehr.“

„Okay, Marie, wer ist noch bei Ihnen?“

„Meine Freundinnen. Thea Hertz und Isabella König.“

„Und Sie sind alle unverletzt?“

„Ja.“

„Wissen Sie, wie lange Ihre Freundin bereits tot ist?“

„NEIN, VERDAMMT!“, Marie wurde immer lauter. Isabella riss ihr ungehalten das Telefon aus der Hand: „Ist das eine Quiz-Show oder der Notruf? Haben Sie nicht zugehört? Unsere Freundin ist tot, wir wissen nicht wann, wie oder überhaupt etwas. Können Sie jetzt jemanden hierher schicken, der uns helfen kann?“

„Hören Sie, ich muss das alles erfragen, um Ihnen die richtige Hilfe zu schicken. Letzte Nacht hat es stark geschneit. Die Kollegen kommen nur mit den Motorschlitten zu Ihnen durch. Da Sie sich allerdings weiter außerhalb befinden, kann es etwas länger dauern."

„Und was machen wir jetzt?", fragte Isabella ins Telefon.

„Lassen Sie möglichst alles unberührt. So kann am besten gewährleistet werden, dass die Kollegen ihre Arbeit machen können, sobald sie eintreffen."

„Was meinen Sie damit?"

„Es muss schließlich untersucht werden, ob es sich um Selbstmord oder ein Tötungsdelikt handelt."

Isabella riss die Augen auf und ließ vor Schreck das Handy auf die Arbeitsplatte fallen.

„Hallo? Sind Sie noch da?" Die Stimme der Notrufzentrale war nur gedämpft zu hören. Mit zitternden Händen nahm Isabella das Telefon wieder an ihr Ohr.

„J-ja. Danke für Ihre Hilfe. Wir werden warten", sagte sie in das Telefon und legte dann auf. Marie schaute ihre Freundin irritiert an. „Was ist los? Warum bist du so blass? Was haben die gesagt?" Isabella schaute erst Marie an und drehte sich dann zu Thea, die sich mittlerweile auch aufgesetzt hatte und sich die Tränen aus dem Gesicht wischte.

„Der Notruf sagt, dass es dauern kann, bis die Polizei eintrifft, da alle Straßen zugeschneit sind. Wir müssen warten und sollen nichts anfassen, damit die dann alles untersuchen können."

„Was wollen die denn untersuchen?", fragte Thea mit rauer Stimme. Isabella zögerte, bevor sie antwortete.

„Bella?" Marie schüttelte Isabella leicht an der Schulter.

„Ähm…“, Isabella schluckte und fuhr dann fort, „Die müssen untersuchen ob es Mord oder Selbstmord war.“

Plötzlich war es mucksmäuschenstill.

Thea und Marie starrten Isabella an. Thea zog die Stirn in Falten und schüttelte den Kopf: „Das soll doch wohl ein schlechter Witz sein?!“

Wieder betretenes Schweigen.

„Die glauben, dass jemand Gretchen umgebracht hat?“, fragte Thea weiter.

Isabella zuckte fast gleichgültig mit den Schultern. „Naja, glaubst du, dass sie sich selbst umbringen würde?“

„Sie war unglücklich!“, antwortete Thea spitz.

„Und deswegen bringt sie sich um?“

„Wenn sie nicht weiterwusste?“

„Ich bitte dich, das würde Gretchen nie tun. Sie hätte viel zu viel Angst davor!“

„Was weißt du denn schon über Gretchen oder ihr Leben oder wovor sie Angst hatte und wovor nicht? Du interessierst dich doch nur für dich!“

„STOPP!“, brüllte Marie dazwischen, „Hört auf damit! Gretchen ist tot! Und ihr brüllt euch hier an und diskutiert darüber, ob sie mutig genug wäre, sich das Leben zu nehmen oder nicht?!“

„Marie hat Recht“, sagte Isabella, „Ich glaube trotzdem nicht, dass es Selbstmord war!“

„Und was dann?“ griff Thea sie direkt wieder an. „Dann wurde sie umgebracht? Hier draußen? Von wem?“

„Genau das ist die große Frage“, gab Isabella arrogant zurück und tippte sich mit dem Zeigefinger gegen das Kinn.

Marie schaute zwischen Isabella und Thea hin und her.

Ihr war die Verzweiflung ins Gesicht geschrieben. „Willst du damit sagen, Bella, dass einer von uns Gretchen umgebracht hat?“

Thea riss die Augen auf und schaute ängstlich. Isabella hob eine Augenbraue und antwortete ohne den Blick von Thea zu nehmen: „Nein, nicht *eine*. Thea!“

Diese sprang auf, von der Angst, die eben noch in ihren Augen zu sehen war, keine Spur mehr. „Ist das dein verdammter Ernst? Welchen Grund sollte ich gehabt haben, Gretchen so etwas an zu tun? Warst du nicht gestern Abend diejenige, die mir sagte, dass sie wüsste, was da zwischen Gretchen und mir lief?“

Isabella zuckte nur mit den Schultern. „Und?“

Marie sah ihren Freundinnen besorgt bei der Diskussion zu. Thea sprach weiter: „Wieso sollte ich die Frau, die ich liebe, umbringen?“

„Vielleicht, weil du es nicht mehr ertragen hast, dass sie nicht zu dir stand?“

„Oder du warst es! Weil deine beste Freundin, für die du alles tun würdest, so unglücklich verliebt ist in den Mann, der mit Gretchen zusammen ist! Und jetzt versuchst du, lediglich von dir abzulenken!“

Beide hatten sich aufeinander zubewegt und standen jetzt ganz dicht beieinander. Die Spannung war nahezu greifbar.

„Hört auf!“, rief Marie dazwischen. Die Tränen liefen in Strömen über ihr Gesicht. „Das kann doch alles nicht wahr sein!“ Thea und Isabella funkelten sich weiter stumm an.

Marie zeigte mit dem Finger auf Thea. „Gretchen hat Jakob wirklich betrogen? Mit dir?“ Thea sah Marie schuldbewusst an und nickte nur knapp. Marie drehte sich zu Isabella und deutete nun mit ihrem Finger auf sie. „Und du hast das alles gewusst und nichts gesagt?"

Isabella warf die Arme in die Luft und antwortete genervt: „Ich habe es dir gesagt! Aber du wolltest es nicht wahrhaben!"

Marie ließ die Hand sinken und drehte sich zum Fenster: „Und jetzt soll eine von uns auch noch eine Mörderin sein?" Kopfschüttelnd schaute sie auf den Wald vor sich, der heute so viel weißer war als gestern.

Gestern - als alles wie immer war. Als sie sich nicht gegenseitig als Mörderinnen verdächtigt hatten. Erneut überkam Marie die Verzweiflung und stumme Tränen flossen ihre Wangen hinunter.

„Also für mich steht die Mörderin fest!", sagte Isabella mit einem provozierenden Grinsen, verschränkte die Arme vor der Brust und hob eine Augenbraue, als sie sich zurück zu Thea drehte. Diese schnaubte und rollte mit den Augen. „Wenn du so weiter machst, werde ich auf jeden Fall zum Mörder!"

„Pass bloß auf Marie. Nachher wird Thea noch zur Massenmörderin!", gab Isabella schnippisch zurück.

Marie platzte der Kragen. Sie drehte sich ruckartig um und funkelte ihre Freundinnen böse an: „Sagt mal, ist das für euch eigentlich nur ein Witz? Unsere Freundin liegt tot in ihrem Zimmer und ihr spekuliert darüber, wer der Mörder ist? Das ist doch hier kein Spiel! Ist euch das eigentlich bewusst?"

„Angenommen ich wäre die Mörderin", fing Thea an und ignorierte Marie, „solltet ihr zwei dann nicht anfangen mich zu überrumpeln oder zumindest Angst vor mir haben?"

Isabella lachte auf: „Ich bitte dich. Vor dir habe ich keine Angst!"

„Du vielleicht nicht. Aber was ist mit dir, Marie?" Thea drehte ihren Kopf in Maries Richtung. Diese war vollkommen fassungslos.

„Lass Marie in Ruhe!" Isabella schubste Thea mit beiden Händen wütend nach hinten.

„Sonst was?", fragte Thea. Sie lächelte Isabella herausfordernd an. Diese atmete tief ein.

Marie trat zwischen die beiden und versuchte erneut, die Situation zu beruhigen. „Beruhigt euch. Bitte!", flehte sie verzweifelt.

„Weißt du, Marie, vielleicht warst du es ja auch", fing Thea an und richtete jetzt ihre Aufmerksamkeit auf die angesprochene. „Vielleicht ist dieses ganze brave Mädchen-Getue nur Tarnung. Vielleicht hatte Gretchen Recht und du hast dich wirklich an Jakob rangeschmissen. Vielleicht bist du absolut hinterhältig und berechnend. Es heißt ja nicht umsonst: Stille Wasser sind tief. Und dreckig!" Thea spuckte die Worte Marie angeekelt ins Gesicht. Diese sah ihre Freundin aus traurigen Augen an. „Wie kannst du so von mir denken? Ich dachte, wir wären Freunde?" Tränen glitzerten in Maries Augen.

„Das dachte ich auch immer. Aber anscheinend hat eine meiner Freundinnen meine Freundin umgebracht!"

„Affäre! Und ich bezweifle, dass wir beide je Freunde waren", meldete Isabella sich endlich zu Wort.

„Gretchen war so viel mehr als nur eine Affäre!", antwortete Thea und schaute an Marie vorbei zu Isabella.

„War sie das? Sie sah das wohl anders!"

Isabella war zufrieden. Hatte sie doch die Aufmerksamkeit wieder weg von Marie und hin zu Gretchen und Thea gelenkt.

„Du hast doch keine Ahnung. Gretchen wollte niemanden verletzen und hat deswegen das mit uns geheim gehalten."

„Und doch hat sie dich verletzt."

„Seit wann interessierst du dich für meine Gefühle?"

„Tue ich nicht! Ich mache lediglich deutlich, dass du eindeutig ein Motiv hattest."

Thea war wütend und verletzt. Marie stand immer noch zwischen den beiden.

„Bitte", ihr Flehen war nur noch ein Flüstern.

„Was ist mit Maries Motiv?", fragte Thea nochmal, wütend und verletzt. Marie schleppte sich müde zum Sofa und ließ sich darauf fallen. Sie stützte ihre Ellenbogen auf ihre Knie und vergrub das Gesicht in ihre Hände. Die Verzweiflung wuchs.

„Das ist doch lächerlich. Warum sollte Marie bitte -"

„Jakob", unterbrach Thea Isabella. Kurz flackerte so etwas wie Unsicherheit in Isabellas Augen auf, doch sie fing sich genauso schnell wieder und verteidigte Marie mit der gewohnten Selbstsicherheit: „Ach komm. Marie würde nie für einen Mann morden. Sie würde für niemanden morden. Nicht einmal für mich!" Bei ihrem letzten Satz wirkte sie fast verletzt..

„Ach nein? Auch nicht, wenn sie denkt, dass dies die einzige Möglichkeit wäre, an ihren Traummann zu kommen? Sie räumt Gretchen aus dem Weg und tröstet dann den trauernden Jakob, in der Hoffnung, dass er endlich erkennt, dass Marie seine wahre Liebe ist."

Thea war aufgebracht. Sie redete direkt mit Isabella, zeigte jedoch mit dem Finger auf Marie, die langsam ihren Kopf wieder hob und müde antwortete: „Ich bringe doch niemanden um, weil ich ihren Mann haben will."

„Und schon gar nicht Jakob", ergänzte Isabella mit erhobenem Zeigefinger.

„Was meinst du denn damit?", fragte Marie ihre beste Freundin irritiert.

„Nur, dass er nicht gut genug für dich ist!" Sie zuckte mit den Schultern.

„Warum?" Marie war zunehmend verwirrter.

„Weil in Bellas Augen niemand gut genug für dich ist Marie. Nicht Jakob, nicht ich und erst recht nicht Gretchen. Ist dir das noch nie aufgefallen?", antwortete Thea spöttisch an Isabellas Stelle.

„Aber warum?", fragte Marie eindringlich und schaute Isabella jetzt direkt an.

„Was hat er je getan, dass du das denken könntest? Er ist immer so aufmerksam und freundlich. Auch zu anderen. Nicht nur zu Gretchen und -"

„Er hat Gretchen betrogen!", unterbrach Isabella sie laut.

„Was?", kam es von Marie und Thea gleichzeitig.

„Aber woher weißt du das? Und mit wem?", wollte Thea wissen. Isabella kaute auf ihrer Unterlippe und wirkte mit einem Mal gar nicht mehr so selbstsicher.

„Bella?", drängte jetzt auch Marie. Auch ihre Geduld hatte irgendwann ein Ende.

Isabella stöhnte genervt: „Mit mir, okay?"

„Was?" Marie sprang vom Sofa auf. Sie war vollkommen überfordert.

Plötzlich klopfte es an der Tür. Doch keine der jungen Frauen reagierte.

„Pass auf: Das ist nicht so, wie du denkst! Ich hab das für dich gemacht!“, versuchte sich Isabella zu erklären und schaute Marie beschwichtigend an. Thea schüttelte lachend den Kopf.

„Was gibt es da zu lachen?“, fragte Isabella Thea und schaute sie mit wütendem Blick an.

Diese schüttelte fassungslos den Kopf und antwortete: „Das ist so typisch. Gretchen verurteilst du, weil sie ihren Freund mit mir betrogen hat. Dabei bist du nicht ein Stück besser. Du bist sogar schlimmer: Du hast deinen Freund betrogen, eine vermeintliche Freundin hintergangen und deine beste Freundin belogen!“

„Alles was ich getan habe, war um Marie zu beschützen!“

„Wovor denn?“, fragte Marie und klang hysterisch.

„Vor einem Mann, der auch dich betrogen hätte. Wer das einmal macht, macht es immer wieder!“

„Du musst es ja wissen“, antwortete Marie bitter.

Wieder klopfte es und es folgte eine tiefe Männerstimme: „Hier ist die Polizei! Öffnen Sie die Tür!“

Thea riss den Kopf herum und schaute zur Tür. Sie überlegt, die Tür zu öffnen. Die anderen beiden reagierten nicht.

Maries Atmung beschleunigte sich vor Aufregung. Isabella ging langsam auf Marie zu, schaute sie gekränkt an, hob langsam die Hände und redete in einem übertrieben ruhigen Ton: „Ich verstehe, wenn du jetzt verletzt bist. Das tue ich wirklich! Aber bitte bedenke, dass du der wichtigste Mensch in meinem Leben bist. Ich will dich nur beschützen. Jakob wäre nie der richtige für dich gewesen. Ich wollte es dir im

Grunde nur beweisen und habe dafür meine eigene Beziehung riskiert!"

Von Isabellas Aussagen abgelenkt, ignorierte Thea jetzt auch wieder die Tür und sagte: „Hörst du dir eigentlich selber zu? Du redest davon, Marie beschützen zu wollen und verletzt sie dann damit, dass du mit dem Mann schläfst, in den sie verliebt ist? Das ist doch krank. Marie ist eine erwachsene Frau und kann ihre Probleme selbst lösen."

„Halt dich da raus! Das ist eine Sache zwischen mir und Marie!"

„So wie du dich immer raushältst? Du mischst dich doch ständig in Maries Leben ein und bist der Meinung, dass sie immer und überall deine Hilfe braucht. Nichts kann, oder vielmehr, darf sie allein regeln. Immer bist du da und spielst die Heldin. Weißt du, wie man das nennt, was du tust? Helfersyndrom!"

„Halt den Mund!", sagte Isabella schriller.

Vor der Tür wurden die Stimmen unruhiger. Doch die drei Frauen reagierten noch immer nicht. Sie waren so aufeinander fokussiert, dass sie alles um sich herum nicht mehr wahrnahmen.

Thea riss mit einem Mal die Augen auf, als würde ihr mit einem Mal alles klar werden und starrte Isabella an. „Du hast gestern Abend zu mir gesagt, dass du ein entspanntes Wochenende haben wolltest und dass ich die Sache klären soll."

Marie sah zwischen ihren Freundinnen hin und her und konnte Theas Gedankengang noch nicht ganz folgen.

Thea fuhr fort: „Dass drei von vier Anwesenden unglücklich sind. Und eine davon ist deine beste Freundin, für die du alles tust. Die du förmlich bevormundest."

„SEI STILL!“, brüllte Isabella.

„DU HAST GRETCHEN GETÖTET! GIB ES ZU!“, schrie Thea zurück.

Die Vordertür wurde aufgestoßen und es betraten mehrere Polizeibeamte den Wohnraum.

Plötzlich war es komplett still im Haus. Isabella starrte auf einen imaginären Punkt auf der Wand hinter Marie und blinzelte einige Tränen weg. Thea sah Isabella hasserfüllt an. Marie durchbrach die Stille als erste. Mit zitternder Stimme sagte sie: „Du hast zu mir gesagt, dass du einen Weg findest, wie ich wieder glücklich werde. Bella, sag, dass das nicht wahr ist. Sag, dass du sie nicht umgebracht hast!“ Sie hob die Hände wie zu einem Gebet zusammen und schaute ihre beste Freundin flehend an. Isabella zeigte keine Reaktion.

Einer der Polizisten wollte etwas sagen, doch der Vordere zeigte ihm mit einem Handzeichen an zu warten.

„Ich hab das für dich getan“, flüsterte Isabella. „Du warst so unglücklich und hast geweint, nachdem Gretchen dich so angegangen war.“ Sie wischte sich die Tränen weg und redete mit fester aber monotoner Stimme weiter: „Ich bin, als alle in ihren Zimmern waren, zu Gretchen und habe sie zur Rede gestellt und sagte ihr, dass sie so nicht mit dir reden kann. Sie sagte, sie würde nicht zulassen, dass so ein blondes Mäuschen ihr den Freund ausspannen würde. Dann habe ich sie auf die Sache mit Thea angesprochen“ Sie wandte sich mit der gewohnten Arroganz an Thea.

„Sie hat mich mit großen Augen angeschaut und tat so, als wüsste sie nicht, wovon ich rede. Soviel zum Thema: Große Liebe!“ Isabella wartete auf eine Reaktion. Doch Thea schaute sie nur starr an. Die Beamten verfolgten das Geschehen stumm.

Isabella drehte sich wieder zu Marie. „Ich sagte, dass ich nicht zulasse, dass dich irgendjemand verletzt." Für einen kurzen Augenblick wurden ihre Gesichtszüge weich. Als sie weitersprach, war der Moment jedoch wieder vorbei.

„Gretchen fing an zu lachen. Sie sagte, ich wäre nicht dein Bodyguard. Sie sagte, du würdest nie Jakob für dich gewinnen können. Sie sagte, dass er nur sie liebt." Isabella verstummte. Sie wirkte abwesend. Ganz so, als würde sie die vergangene Nacht erneut durchleben. „Dann habe ich ihr gestanden, dass ich mit Jakob geschlafen habe. Erst dachte sie, ich würde sie auf den Arm nehmen. Doch als sie verstand, dass ich die Wahrheit sage, wurde sie wütend. Sie fing an mich als Schlampe zu beschimpfen. Sie wollte es dir sagen, damit du realisierst, dass ich nur an mich denken würde. Sie verstand nicht, dass ich das alles nur für dich gemacht habe und dass sie unsere Freundschaft nicht kaputt machen konnte. Sie hat mich gegen die Kommode geschubst." Isabella suchte den Blick von Marie. „Gretchen kam auf mich zu und wollte mich weiter angreifen. Also habe ich sie zurück geschubst. Sie fiel rückwärts auf ihr Bett und fing an zu schreien. Damit sie nicht alle weckt, habe ich das Kissen auf ihr Gesicht gedrückt. Bis sie aufhörte zu zappeln. Es war Notwehr!" Fast gleichgültig zuckte sie mit den Schultern.

Thea schlug sich die Hand vor den Mund und schluchzte laut. Marie schüttelte den Kopf fassungslos. „Nein! Nein! Nein!" Isabelle ging auf Marie zu und wollte sie in den Arm nehmen. Doch diese wich ängstlich zurück. Mit traurigem Blick sagte Isabella: „Ich wollte dich doch nur beschützen!"

Der vordere Polizeibeamte ging langsam zu Isabella, nahm vorsichtig ihre Hände und führte sie hinter ihren Rücken, um ihr die Handschellen anzulegen.

Erst jetzt realisierte Isabella die Polizeibeamten und schaute panisch zu Marie, die sich noch einen Schritt von ihr entfernt hatte und immer noch ängstlich ihre Freundin anstarrte. Hinter ihr weinte Thea hemmungslos.

Als Isabella von den Beamten hinaus geführt wurde, rief sie: „Ich habe das für dich gemacht, Marie! Für dich!“